《安娜的心理諮商》小說╳戲劇劇本

安娜的

心理諮商

劉紅卿 著

安娜在諮商室裡講述自己的故事
李娜在她的故事中發現自己的身影

安娜，有時候我感覺妳就是我，我就是妳，
我們是切成兩半的蘋果，被撕開的連體嬰兒……

崧燁文化

目錄

目錄

《安娜的心理諮詢》小說

「安娜，有時候我感覺妳就是我，我就是妳，我們是切成兩半的蘋
果，被撕開的連體嬰兒……」

1

　　週四上午，患者安娜走進心理諮商室。她很高興，值班的是個女諮商心理師。像其他諮商心理師那樣，她穿著白色的工作服（類似於外科醫生的那種醫師袍），戴著一副金框眼鏡，年約三十五歲。她正處在人生最美好的年齡，成熟、理性、睿智卻又善解人意，富有同情心。安娜不再驚慌害怕了，諮商心理師將會理解安娜的尷尬處境，她會想出多種辦法解決安娜的人生難題。也許，安娜沉重的心理包袱就能卸下了。她會輕鬆的呼吸，甚至像許多正常人一樣，能在花園裡奔跑歌唱了。

　　也許這是個新的開始，安娜對自己說。諮商心理師微微的皺了下眉頭，馬上就裝作什麼也沒聽到。這個細微動作還是被安娜瞧見了。安娜是個過於敏感的人，從小就是這樣。安娜不清楚自己是否又在自言自語。但既然諮商心理師裝作什麼也沒發生，安娜自然也不好去問。這是個很好的策略。

　　安娜環顧四周，和很多心理諮商室一樣，這裡的牆壁也被刷成青色，房間中央也簡單的擺放著一桌二椅，桌子上堆滿了各種雜物：患者病歷表、墨水瓶、溫度計、各種顏色的水彩筆，甚至還有一包衛生棉。桌子旁擺著一張小床 —— 白色的床單覆蓋在上面，床單就像五星級飯店裡的床單那樣乾淨 —— 安娜明白，這是催眠用的，患者躺在小床上就能接受諮商心理師的催眠和暗示。和別處唯一不同的是，這個心理諮商室還多了個小窗戶。黑色的鋼筋嚴密的裝飾著它，幾縷陽光透過空隙穿射進來，幾聲鳥叫聲也從窗戶外傳來。安娜能想像到屋外的陽光、草地、小鳥、和風、鮮花和美酒，當然，還有必不可少的帥哥猛男 —— 這些可是安娜的摯愛啊。安娜心裡暖洋洋的。

　　諮商心理師說請坐。安娜轉過身，清了清嗓子，坐在患者專用的椅子上。安娜習慣性的轉了下椅子，椅子竟能自由轉動，就像安娜辦公室的電腦椅一樣。安娜不禁有點吃驚，她沒想到心理諮商室還有這麼高級的玩意。諮

商心理師盯著安娜笑了一下，似乎很喜歡她臉上驚異的表情。諮商心理師翻開患者病歷表，優雅的坐在安娜對面。諮商心理師頭髮上停著一隻藍蝴蝶，牠凶狠而惡毒的望著安娜。有一刻，安娜真害怕牠會張開嘴巴噴射出毒液和火焰。如果她沒有辨認出那隻蝴蝶只是髮夾上的一個裝飾品的話，安娜肯定會尖叫起來。即使這樣，安娜仍舊嚇出一身冷汗。她剛才進屋時並沒看見諮商心理師頭上有蝴蝶髮夾啊。不過也許是安娜沒注意到，也許是諮商心理師在坐下的瞬間別上去的。安娜實在無法確定。

「太奇怪了。」

「什麼？」雖然已經見過比安娜更奇怪的患者，但諮商心理師還是沒有控制住自己的驚奇。

「哦，沒，沒什麼。」安娜知道自己又在自言自語。她狠狠的掐了下大腿根，算是給自己一個警告。

「妳怎麼了？不舒服嗎？」

「沒有。我挺好，好極了。」諮商心理師一直關切的看著安娜，安娜都感動得要哭了。很少有人對她這麼好過。

「我希望妳不要緊張。這裡很自由。妳完全可以把這裡當成妳的家。」諮商心理師微笑的望著安娜，然後放了一個悠長、洪亮而味道鮮美的臭屁。這太出乎意料了，安娜吃驚的望著諮商心理師，她已經笑得不行了，頭上的藍蝴蝶也隨著笑聲顫抖，就像在花叢中採到極品花蜜一般興奮。

「咯咯咯咯，對不起，真的對不起，請原諒我，我都笑得說不出話了。咯咯咯咯。我絕對不是故意的，我知道在患者面前放臭屁很沒面子，也很丟我諮商心理師的身分，但我也不想刻意壓抑自己，妳明白嗎？我不喜歡壓抑自己就像我不喜歡患者壓抑自己一樣，我想讓患者放鬆下來，如果他們能學會放鬆，他們的病也就好了一大半了。而且，我還想要妳親自見證這裡的自由。咯咯咯咯，不管妳是誰 —— 是小偷也好，是殺人犯也好，是國家追捕的

《安娜的心理諮詢》小說

逃犯也好 —— 只要來到這裡，妳都會受到保護，受到我們的絕密保護，沒有人會欺負妳，妳可以隨意的做任何事情，只要是出於真心，我都會支持妳，即使是比放臭屁嚴重一百倍的事情我也支持……我想滿足妳，妳一定覺得奇怪，但這確實是真的。妳可以隨意打開心靈，我絕不會有任何的恥笑或者看不起，就像妳不會恥笑或者看不起我放臭屁一樣……咯咯咯咯，放臭屁實在太好笑了，不是嗎？—— 妳太容易緊張了，妳該學會微笑，這樣妳就能好了。咯咯咯咯，說真的，這個屁太臭了，真太他媽的臭，我都三個月沒放出這樣臭的屁了。咯咯咯咯，妳不覺得很好笑嗎？妳一點都沒笑，真的，這樣可不行，妳要學會欣賞生活中的幽默。咯咯咯咯……」

像剛剛下過蛋的老母雞，諮商心理師又笑了好一陣才停下來。隨著她笑聲的高低快慢，那隻藍蝴蝶不斷變換著採蜜的各種造型，一會是芳草渡式，一會是探春令式，一會是滿江紅式，一會是破陣樂式，一會又是鳳簫吟式，一會又是洞仙歌式、迷神引式、少年遊式……安娜都快看暈了。

「是的，嗯，是的，這很可笑，妳可真幽默。」安娜勉強擠出一絲笑容，可笑得比哭都難看。

諮商心理師又「咯咯咯咯」的笑了好一會，安娜渾身都起了雞皮疙瘩。安娜真想離開這個心理諮商室（牠和這個諮商心理師一樣奇怪），要不就拿什麼東西砸到諮商心理師的腦袋上 —— 把她的藍蝴蝶砸得稀巴爛才好呢 —— 最好是桌子上的墨水瓶，或者把滿袋的衛生棉扔在諮商心理師臉上，那也會很爽啊！如果真像她所說得那樣 —— 安娜可以做任何她想做的事情，只要出於真心 —— 那諮商心理師一定不能怪罪安娜，安娜是按照她的吩咐才做了壞事……

但這怎麼可能？哪裡會有這種完全自由的世界？哪裡會有這種做任何事情都不會受到處罰的世界？！……安娜學過社會學，知道這只是人們的烏托邦幻想。任何世界都沒有絕對自由，這絕對是個真理！……可是暴躁的安娜

真想做點什麼，比如搧諮商心理師一個耳光，或者拔掉她頭上的藍蝴蝶髮夾然後扔到窗外。安娜想了好久，但還是克制住了要做壞事的衝動……

諮商心理師似乎意識到了安娜的不滿，她終於停止了讓人渾身不自在的「咯咯咯咯」聲。諮商心理師安靜下來，但很顯然她還沒調整好心情。一下子，心理諮商室安靜極了，她們都不知道要說什麼，只好本能的陷入了呆滯，就像墳墓裡兩具躺了幾千年的木乃伊。窗戶空隙中的那幾縷陽光消失了，小鳥的叫聲也聽不見了。黑鋼筋阻擋住了一切，心理諮商室陷入一片黑暗中。

沉默。她們沉默了好長時間……

2

「好吧，我們現在開始心理諮商。」

不知過了多久，諮商心理師終於開口說話了。安娜睜開雙眼，彷彿剛從睡夢中醒來，她很高興，終於可以不用忍受沉默以及沉默帶來的尷尬了。陽光重新照著小屋，小鳥的清脆的叫聲再度傳來，一切都那麼欣欣向榮……安娜盯著諮商心理師，她也正揉著眼睛呢，看來她也睏極了，安娜發現她頭上的藍蝴蝶髮夾不見了，這也太奇怪了吧，剛才安娜可是瞧得一清二楚啊……

有那麼一會，安娜又聽到諮商心理師「咯咯咯咯」的笑聲，可坐在她對面的諮商心理師嘴巴根本就沒動，這究竟是怎麼回事？難道是自己又出現了幻視幻聽的症狀了嗎？這可真夠糟糕的，可剛才的那一切（諮商心理師的臭屁、大段獨白、笑聲和她們的沉默）太像是真的，簡直就是真的！它們真的是真的嗎？……這究竟是怎麼回事啊？是真實還是幻覺？安娜說不清楚，可誰又能說得清楚呢？那個白鬍子老頭能說清楚嗎？也許他可以，但又有誰見過那個白鬍子老頭？……安娜打了一個哈欠。

《安娜的心理諮詢》小說

「妳叫什麼名字？」諮商心理師打開患者病歷表。她的聲音既冰冷又空洞，就像冷漠的機器人。諮商心理師張大嘴巴又打了一個哈欠，她的牙齒閃閃發光，安娜甚至看到了諮商心理師肉紅色的上顎和喉嚨，以及喉嚨連通著的黑暗世界。

「安娜。」安娜有點驚恐，甚至懷疑來這裡是不是個錯誤。

「噢，是安娜・克利斯蒂還是安娜・卡列尼娜？」諮商心理師臉上勉強擠出個笑容，雖然還有點僵硬，但比剛才好多了。

「就安娜。」安娜惱怒的把頭扭到一邊，這個玩笑可不有趣，安娜不喜歡。

「別生氣，我只想逗妳開心。安娜是個好名字，我母親也喜歡這個名字，她給她的一個女兒也取名叫安娜。」

「是嗎？」安娜滿腹煩悶。從小學到大學，她曾有八個同學叫安娜，這還不算三個沒上幾天就輟學的安娜。工作後，安娜對面的同事也叫安娜，結果辦公室的人不知道怎麼稱呼她們，只好在她們的名字前加上各種代號，如「湖南安娜」或「河南安娜」，「北大安娜」或「清華安娜」，要不就是「大安娜」和「小安娜」，而私下裡他們會叫「醜安娜」和「美安娜」，「暴躁安娜」和「和善安娜」。

安娜討厭死對面那個安娜了，她想，對面那個安娜也一定討厭死她了。（她們共用一個辦公桌，每天都是抬頭不見低頭見。）她們同叫這個名字，這個名字卻不屬於她們，無論她們想什麼辦法，都不能掙脫它的控制。（安娜曾經嘗試去警察局修改自己的名字，但因為修改一個人的名字，需要上報十幾道手續。為了提高做事效率減少工作量，很自然，警察局拒絕了安娜的要求。）如果有更好的工作機會，安娜們一定會離開這個辦公室，但現在失業率這麼高，她們誰也不敢冒險離開。

「妳也叫安娜嗎？」安娜問。

「噢。不，那是我妹妹的名字，我叫李娜。」

「噢。」安娜看到諮商心理師胸前的卡片，上面果然寫著「李娜」兩個字。安娜有點失望。

「噢。安娜妹妹，別害怕，就當我是妳的姐姐吧 ── 妳知道，我在這裡工作，十分思念老家的安娜妹妹！今天遇到妳，我高興極了，這一定是老天的安排！來，安娜好妹妹，告訴我妳遇到了什麼問題，姐姐一定會幫妳度過難關！」諮商心理師的聲音中透出別樣的溫柔。

幾塊陽光照在安娜的背上，安娜很高興，就像他鄉遇到故友。「我能告訴妳一切嗎？」安娜緊緊的握著諮商心理師的手。

「當然。只要妳願意。」諮商心理師眨了下眼睛，彷彿她們在共同面對一個祕密。她笑得那麼親切（可不是那種職業微笑），安娜感動得都要哭了。

「妳知道在北京一個人生活和打拚有多難，有多不容易！我一個人離鄉背井來到這個陌生的地方，努力用自己的雙手去奮鬥，老天爺知道我有多勤奮，我認真讀書，努力考試，辛苦學習，參加比賽，贏取學校的各種榮譽，畢業後又是費盡千心萬苦去找工作。妳知道嗎？我，我⋯⋯」安娜激動得語無倫次。

「怎麼了？別急，別急，親愛的小妹妹，妳慢慢說，慢慢告訴姐姐。」

諮商心理師回握著安娜的小手，她握得那麼緊。安娜嚎啕大哭起來。諮商心理師給安娜遞來面紙，她也哭起來。諮商心理師取下金框眼鏡，擦掉眼淚。安娜很滿足，在這個荒漠都市，能陪著一塊哭泣的人可不多。

「安娜，妳受了什麼委屈？給我說說，我一定幫妳出主意！」過了好一會，諮商心理師接著問起來。安娜穩定了下情緒，向諮商心理師娓娓道來自己的遭遇。

她這麼信任她，她可不能辜負了她。

《安娜的心理諮詢》小說

「妳不知道我的工作有多累有多繁瑣。我都被它快折磨瘋了，尤其是妳身邊還有一個和妳同名同姓的安娜。不管妳們的容貌差別有多大 —— 她的眼睛像蘋果，我的像綠豆；她的眉毛像彎月，我的像鐮刀；她的嘴唇就像紅櫻桃，我的就像黑芝麻糊；她的腰身像細柳枝，我的像圓木桶 —— 可是妳抬頭看到的總是『安娜安娜』的（她的臉整天都在妳面前晃個不停），如果她是『安娜』，那妳又是誰呢？……噢，妳總要想一會才明白：妳是安娜，她也是安娜；妳們都叫安娜，妳們在共用一個名字，可是叫這個名字的卻有成千上萬的人。每次妳都要想一想，然後才會恍然大悟。等妳想明白妳和另一個安娜的關聯和區別時，時間已經過去好久了，這樣十分影響工作，降低做事的效率，而分派給我的工作又那麼多，我真不知道該怎麼辦才好，我部門又那麼重要……對了，我給妳說過我在奧組委工作嗎？」

「沒有，妳沒有說過。」

「噢，是嗎？」安娜很驚奇，她還以為地球人都知道呢。

「對。奧組委全稱是什麼？」諮商心理師忙著記著病歷紀錄。

「奧林匹克運動組織委員會。這個部門一般人進不去，只有最有能力、最有關係、最有門路的人才能進得去，不過這也要看她的運氣……奧組委的工作十分重要，要是沒有它的正常運轉，整個奧運會都無法舉辦；奧運會要是無法舉辦，運動員們就不能到這個都市參加四年一度的體育盛會……運動員們期待了那麼久，要是不能來這裡參加奧運會，很多運動員就會因為失望而自殺 —— 運動員們一輩子能參加一屆奧運會就算不錯的了，他們更多的同伴一輩子都參加不了一次奧運會 —— 妳也知道失望和沮喪對人的打擊有多大！」

「噢。當然。」諮商心理師飛快的做著紀錄。一隻蒼蠅落在她的額頭上，她忍不住抓了一下，蒼蠅飛走了，諮商心理師美麗的臉上留下一道痕跡。她太投入工作，沒有看到。安娜看得一清二楚。

「嗯，是的，我就是在奧組委工作，妳已經清楚我們的工作有多重要……而妳一定不知道我是奧組委的哪個部門，算了，我給妳稍微透露一點吧，我們部門隸屬於奧組委祕書處（這是奧組委的中樞神經機構）── 因為職業的關係，我不能給妳透露太多 ── 妳猜出我們部門的名字了嗎？哈，我就知道妳猜不出，也沒幾個人知道我們部門的名字啊……我們部門是奧組委祕書處的核心權力結構，如果我們部門運轉不靈，整個奧組委都會陷入癱瘓狀態，沒有奧組委的協調指揮，奧運會的召開就是空談……可是我們的工作量實在太大了，天啊，這那是人做的啊？！為了完成工作，妳不知道我有多賣力，我總是加班到深夜，有時候甚至到了凌晨兩三點鐘，我才做好前天的工作。回家？不，不，這麼晚了，我根本沒辦法回家；再說回家也會在路上耽擱大量時間 ── 這個城市的交通有多糟糕，我們心知肚明。沒辦法，每晚我只好待在在辦公室，趴在辦公桌上胡亂睡上兩三個小時已經很不錯了……妳知道我是個事業心極強的人，我更關心榮譽和升遷，我不允許自己的工作有任何偏差或者失誤……」

「噢，對，正是這樣。我要是有個錄音筆就好了。」諮商心理師搓著發麻的手腕說著。

「什麼？」安娜聽得一清二楚，可是她不明白諮商心理師要錄音筆做什麼。

「噢。沒什麼。繼續，請繼續。唉。」諮商心理師嘆口氣，她攤開左手，把鋼筆換到右手中（她剛才一直用左手做著紀錄）。紅色墨水慢慢從鋼筆尖滲出來，諮商心理師的右手很快就染上一塊紅墨水。安娜看得一清二楚。諮商心理師根本沒發現，拿起筆繼續記錄起來。

「我說到哪裡了？」安娜注視著諮商心理師。陽光照在她臉上，她的臉更加聖潔明亮。有幾滴汗珠順著諮商心理師的額頭往下流淌，安娜很想起身幫她擦掉。如果不是覺得太唐突，她一定會這樣做的。

《安娜的心理諮詢》小說

「噢，妳說妳不允許自己的工作出現偏差或者失誤……」諮商心理師翻回前一頁，很快就找到剛才的紀錄。諮商心理師又抓了下額頭，臉上多了一塊紅墨水印。安娜有點懊悔，要是她剛才提醒一下她就好了。

「對，沒錯。從小到大，我都是周圍最優秀的，考試我從沒有低於校排前兩名。考大學那年我以全省第五名的成績考上了名校，在人才濟濟的學校（彙集了全國最優秀的青年才俊）裡我獲得的榮譽不計其數：全校一等獎學金，最佳辯論手，優秀班級幹部，優秀團員，好學生，福特獎學金，法語演講一等獎……畢業後我的工作也十分出色，部門主管甚至考慮要提升我的職務。有一次，我聽到他對辦公室主任說『那個安娜真出色，她像機器一樣賣力工作。』我很高興別人這樣稱讚我，我拚命的工作來回報主管們的慧眼識英雄，妳也知道，在我們國家有多少優秀人才懷才不遇，與他們相比，我簡直是在天堂，所以我備加珍惜自己的工作，不允許自己犯一個錯誤，任何細微的錯誤都不允許！妳也知道，細節決定成敗，任何一個細微的錯誤都可能釀成大禍……可自從那個安娜來了之後，一切都變了……一年前她還沒來，那時日子過得可真叫快活，主管對我的工作能力讚賞有加，同事們對我的為人處事稱讚有餘，我太風光了，可是現在……唉，我真想要大哭一頓……」

「新安娜是怎麼來的？剛開始妳知道她的名字嗎？」諮商心理師適時的打斷，安娜絮絮叨叨講個不停，根本沒有重點。

「哦，不知道，我根本不知道她也叫『安娜』……有一天，我聽說有一位新同事就要來了，我高興萬分，我早就盼望她來，我們部門的工作太多了，實在很需要一個新同事來分擔……我心裡盤算好了，我要對她好點，我要給她詳細介紹奧組委的各種規章制度，我要仔細給她交代辦公室各種潛規則 —— 妳知道每個辦公室都有自己的潛規則，為了熟悉它們以前我真他媽的沒少吃苦頭 —— 這都是為了讓她早點融入辦公室的環境，早點開始辦公室的

工作啊……萬眾矚目的日子終於到來，當漂亮的新同事出現在辦公室時，我們都高興的站起來鼓掌歡迎，她那麼美麗，落落大方，氣質又高貴，很討人喜歡，我甚至想衝上去緊緊的擁抱她。妳知道有時候我很容易情緒激動，但我克制住了自己，我給她沏了杯茶……」

3

　　「為什麼她要叫安娜呢？！該死的名字，該死的人！不是嗎？當辦公室主任說出她名字時，我驚呆了，不由自主的把杯茶放在了桌子上 —— 就是準備送給她的那杯茶 —— 而就在剛才，我還想要把茶杯送到她手裡呢……我從來沒想到會是這樣。我同事們已經嘰嘰喳喳的議論起來，『這下我們辦公室就有兩個安娜了』，『可不是嘛！那我們怎麼叫她們呢？』，『就叫大安娜和小安娜吧，妳說呢，安娜？』……我胡亂的點著頭，除了點頭我還能怎麼辦？我既不能對新來的安娜大喊大叫，剝奪她叫『安娜』名字的權利，我也不能把她趕出辦公室，我又不是辦公室主任啊 —— 只有他才有權任免職員……我幾乎喘不過氣來，我想去洗手間透口氣，辦公室裡的空氣太糟糕了。可在我轉身時，我還是不小心的把桌上的那杯茶碰到了地面，玻璃杯子碰到瓷磚地板發出清脆的聲音。所有人都望著我，辦公室主任的眼睛更是睜得像銅鈴，我以前可從沒出過這樣的差錯啊！我慌忙蹲下去撿破碎的玻璃杯，更可笑的是，因為心慌意亂，我的右手被玻璃碎片割傷，血流個不停。我都要哭出來了，不是因為手的疼痛，而是因為在眾人面前丟了臉。想想看，以前我多靈敏，哪做過這種蠢事……新安娜趕緊走上前來，她說，『讓我來，讓我來吧。』她靈巧的撿起玻璃碎片，博得眾人一片喝彩，地面一乾二淨……人們都悄聲稱讚她的懂事、能幹、高貴與落落大方……我被排斥了……

《安娜的心理諮詢》小說

　　這個討厭的安娜，來的第一天就讓我出這樣的醜，因為我工作能力優秀，馬上就要升遷，辦公室的同事們早就等著看我的笑話，新安娜來後，他們的計謀得逞了……為了刺激我，辦公室的那些人故意和另一個安娜打得火熱，他們一起吃韓國燒烤，一起逛新東安商場，一起去體育館打羽毛球，一起看歐洲藝術電影 ── 這些可都是我的摯愛啊！我被冷落在一旁，而以前，他們可都是爭著搶著和我一起玩的啊！這個該死的安娜搶走了我的一切……還有，我因為分神，工作上的差錯連接不斷。這個無恥的安娜，她沒讓我過過一天的舒心日子，她每天都計劃著怎樣和同事們一起整我，讓我在主管面前出醜她最為開心……天啊，不管我多努力，不管我多聰明 ── 我還懂得一些掩飾錯誤的技巧 ── 我的工作總會出現各式各樣的差錯，例如在辦公室主任和上級主管開會時，我送去的文件總會缺少最重要的一頁；我開會還總是遲到，因為辦公室主任喊『安娜去開會』，我總會想一會才明白那是在叫我，可等到跑到會場，我已經晚了十分鐘……天啊，辦公室主任不斷找我談話，要我注意自己的行為，說我最近糟糕極了，總是犯下各種失誤；辦公室主任甚至威脅我要是還像這樣，我很快就會被解僱。我知道他是好意，可是我還是哭了。我請求原諒，答應要好好改進工作；可是，可是，可是昨天我還是犯了一個不可饒恕的錯誤，我，我……妳怎麼把胸卡取下來了？妳怎麼脫掉妳的醫師袍了？」安娜滿臉詫異。

　　「什麼？」諮商心理師仍然面帶微笑，和藹可親。安娜在講述自己故事時，諮商心理師不時的插入「嗯，是的」等詞語，這給安娜很大安慰。

　　「噢，可能是天氣太熱了吧。是的，我也出了很多汗……妳瞧瞧，妳的西裝外套多漂亮啊。我好喜歡。顏色還是黑色的，太酷了，我正想要一件這樣的西裝呢；還有妳的藍色牛仔褲是今年最新款式吧，把妳的身材襯托得完美無瑕，太棒了，酷斃了！……脫吧脫吧。我很欣賞妳的行為。而且，在大

街上我經常有脫掉所有衣服開始裸奔的欲望；在辦公室裡，每當我看起那個乳房肥大的安娜，我都想剝掉她的衣服，讓她在辦公室裡赤裸著身體辦公，那樣，她一定會受到同事們的羞辱……不過也說不定，像她這樣厚顏無恥，在辦公室裡裸體辦公只會讓她高興萬分！……好姐姐，我真的想要在大街上脫掉衣服裸奔。妳一定覺得我有點變態，但妳可能不太清楚，這其實算不了什麼。最新的抽樣調查顯示，百分之八十七的成年人在大街上都有脫掉衣服裸奔的欲望，更不用說那些不喜歡穿衣服的小孩們了，他們在胡同裡玩時最喜歡互相撕扯衣服，衣服破了他們就可以裸露肌膚……不過妳放心，我雖然想，但從沒有在大街上裸奔過，每次我都控制得很好 —— 妳知道，只有瘋子才會裸奔呢 —— 我才不會越過界限呢。事實上，我只在睡覺時才會顯露自己的本性。我蓋好被子，脫掉內褲，之後進入甜蜜的夢鄉，這樣，我在夢中就會奔跑，裸體奔跑，妳知道嗎？這很爽快，比他媽的性交爽快多了。真的，就好像妳的身體飛起來，妳的身體和妳的靈魂一起飛起來……不過也有可能我在睡著的時候，我被人強姦了的緣故……」安娜晃動著雙腿，椅子「咯吱咯吱」的叫著。椅子一定生鏽了，安娜心想，她伸了個懶腰。安娜可以隨心所欲的講話，這讓她感覺好極了。安娜喜歡起這個諮商室了。

「被人強姦？」諮商心理師吃驚的問，嘴巴呈圓圈狀，像某個性感的器官。一隻蚊子停在諮商心理師的胸前，諮商心理師不雅的抓了抓左乳房。安娜笑了笑。

「噢。噢。別擔心，別擔心，不會有人真正強姦我的。我沒和妳說過吧，就像每個大齡女那樣，我也有一個固定的性伴侶，妳稱他是我男朋友我也沒多少意見，不過我並沒有和他結婚的打算 —— 妳也很清楚，現在的男人都太不可靠了，他們總是朝三暮四，吃著碗裡看著鍋裡，女人太可憐了……不過我們還是回到剛才的話題吧。我說到哪了？哦，我想起了，我說我在

《安娜的心理諮詢》小說

睡夢中感覺很爽快，我想，這也許是我男友把他的棒棒放進了我的洞穴的緣故。在我們分手前，他曾向我承認，有幾次趁我熟睡時他曾忍不住和我性交，而裸睡自然給他提供這樣的便利，我的裸體很能刺激人的性慾，我有這樣的信心……妳也知道，因為安娜事件，我被搞得焦頭爛額，內分泌失調，我拒絕和他再過性生活，男友很惱火，但也沒辦法，為了發洩剩餘的精力，他自然會趁我睡著時進入我的黑暗洞穴……真他媽的壞，男人真比狐狸都狡猾，比野狼還凶殘！他媽的，我恨死他們了！……對不起，請原諒我又說了句粗話。妳，妳不會生氣吧？」

「噢。噢。當然不會。事實上，我很欣賞妳的坦率，妳完全可以把這裡當作妳的家。」諮商心理師意味深長的看了一眼安娜。「而且，我和妳一樣，對男人也恨得要死，我做夢都夢見割了他們的生殖器！」

「啊？真的嗎？哈哈哈哈。」安娜笑得要死，真沒想到會在心理諮商室遇到知己。

「妳不知道我受過男人的多少傷害，他們吃了我的孩子。唉，這是個漫長的故事，以後再告訴妳吧……」

「啊，吃了妳的孩子？真的嗎？」安娜從沒想到男人會做出這樣的事情。

「當然是真的！我不會騙妳的，我從不騙人！妳要相信我說的一切，因為我從不說假話！」

諮商心理師把臉靠近安娜，嘴唇就要碰到安娜的嘴唇。安娜慌忙把頭扭走。「我，我可以抽菸嗎？」安娜問道。

「當然可以。在這個心理諮商室，妳可以做任何妳想做的事情，沒有人會怪罪妳。這是這個諮商室的規則之一。我想我告訴過妳。」安娜聽到了諮商心理師輕微的嘆息聲，不過也有可能她聽錯了。

「還有別的規則嗎？告訴我，讓我早點熟悉這裡。」安娜確實想把這裡當成自己的家，她當然需要先熟悉家裡的所有規矩。

　　「還有另外兩個規則。別急，妳會慢慢明白的。我發誓！」諮商心理師看出了安娜的心思，就搶先一步封住她的口。

　　「噢，妳真好，妳真像寵壞孩子的小媽媽。哈哈，我怎麼不早點來妳這裡呢？我認識太多糟糕的諮商心理師。」安娜把腳放在諮詢師的桌子上，她那紅色小皮靴漂亮極了，真像剛從血海中踏出來；而且，皮靴的頭尖尖的，很像一把鋒利的匕首，可以一踢致命。

　　「是嗎？」諮商心理師趁勢給安娜點上香菸，在她掏出香菸時。

　　「可不是嘛。他們給我的診斷結果全都不一樣，有的說我患的是憂鬱症，有的說是神經衰弱，有的說是強迫症，還有的說我是精神分裂，有的則宣布我和正常人一樣，根本就沒病。瞧瞧，他們說得多好聽，可是一個都不對。這幫蠢驢，他們開給我大把大把的藥。」

　　「那些藥呢？」諮商心理師手寫得飛快，忠實的記錄著病歷，一刻也沒休息。

　　「我餵給叫春的貓了。」安娜吐出一個又一個菸圈。菸圈慢慢變大，向遠方飄去。它們把諮商心理師包圍住，又很快散去。

　　「後來呢？」諮商心理師抬起頭，驚詫的問安娜。她放下了手中的筆。

　　「貓咪們叫春叫得更厲害了！」兩個女人對視了一會兒，不約而同的哈哈大笑。安娜笑得眼淚都出來了。

4

　　「喵！」一聲淒厲的叫聲傳來。安娜看了看屋內，那裡什麼都沒有。可恐怖的聲音又響了一下。安娜轉頭看了下窗戶，兩束綠光正惡狠狠的盯著她，彷彿在譴責安娜的笑聲太大，驚走了和牠同歡共爽的伴侶。安娜看了好一會，才認出那是一隻肥胖滾圓的黑貓。牠正張大嘴巴，露出鋒利的牙齒，安

《安娜的心理諮詢》小說

娜猛打了個冷顫，以為黑貓會撲向自己，牠卻凶狠的又叫了一聲，這才跳著離去。安娜渾身顫抖起來……

諮商心理師沉默不語。安娜克制住自己的恐懼，只好狠命的抽起菸來，屋內很快就煙霧繚繞起來。諮商心理師被煙霧遮擋著。有一刻，安娜看不到諮商心理師，安娜十分緊張，害怕諮商心理師會消失不見。她的雙手顫抖得厲害，就連香菸（加在食指和中指之間）都幾乎要掉下來……幸好，很快煙霧就散去，諮商心理師又顯現出來。經過濃煙的沁泡，諮商心理師更加容光煥發。她脫掉了黑色的西裝上衣，露出裡面的紅色毛衣。

「哇，妳真美麗！」安娜由衷的驚嘆道，「您簡直是女神再世啊！我敢說，妳，妳可是全國最美麗的女人，最最美麗的女人！我都有點，有點喜歡上妳了……」

「真的？」諮商心理師展顏一笑百媚生。

「嗯，是真的。我真的不知道該說什麼好了，但我想，我想，我準會愛上妳，要是我是個男人的話！」

「即使不是男人，妳一樣可以愛我。」諮商心理師意味深長的看了一眼安娜，她低下頭做著紀錄，臉上有塊紅暈，就像傍晚天邊的火燒雲。

「您說什麼啊，您說什麼啊，您說的話多可怕啊……」安娜嘴裡喃喃自語，渾身燥熱不安，臉上也滾燙滾燙的。諮商心理師又抓了下胸部，安娜看得心驚肉跳，她盯著諮商心理師看個不停，諮商心理師也回望著她，含情脈脈，情意綿綿。安娜嘴乾舌渴，心裡火燒火燎，她真想做點什麼。又一聲貓叫的聲音傳來，安娜這才回過神來，猛提高聲音問道：「對了，我剛才說到哪裡了？」

「妳說到昨天發生了一件很嚴重的事情。」諮商心理師左手轉動著手裡的鋼筆，右手撫摸著毛衣裡的豐隆胸部，她抓個不停。她很喜歡這個遊戲。

　　她一定患有嚴重的皮膚病 ── 也許是乳房搔癢症吧 ── 這種病不知道會不會傳染，我可要當心啊。安娜心想，她的心「咚咚咚咚」的敲打個不停。不知為什麼，她總覺得諮商心理師不懷好意，沒安什麼好心。因為從小到大安娜一直缺乏安全感，對人也很難一下子信任起來。還是小心為妙。安娜慌忙把目光從諮商心理師的胸部移開，儘管她萬分捨不得……

　　安娜平撫了下情緒，繼續開始講述自己的故事。「昨天發生了最可怕的事情，這是我工作中犯下的最嚴重的錯誤。天啊，我現在想起來還渾身發抖，太可怕了，這真是太可怕了……」安娜垂下頭，雙手捧著腦袋。

　　「別怕，乖乖，說出來，說出來就輕鬆了。」諮商心理師遞過來一杯涼白開水。

　　「謝謝。妳真好！」

　　「別客氣。放輕鬆，妳知道我很樂意為妳做事情。」諮商心理師甜蜜的一笑，宛如天使。

　　安娜感激的端起茶杯，喝了幾口，她不再緊張。她放下杯子時，不小心打翻了杯子，水灑在諮商心理師的紅色毛衣上。安娜慌忙站起來，搶過去給諮商心理師擦個不停，「妳沒事吧？沒燒疼妳吧？」

　　「當然沒事了。別緊張，我沒事，我沒事，杯子裡可是冷水。人非聖賢，誰不會犯錯呢？再說妳又不是故意的。我相信妳不會故意往我身上灑水，對不對？如果一個男人這樣做，我一定懷疑他的動機，但妳是個女人，妳不會往我胸部灑水然後藉著給我擦的機會去撫摸我的乳房，妳不會這樣做的，對不對？」

　　諮商心理師衝著安娜又是甜甜一笑。安娜正在擦拭諮商心理師毛衣上的水珠，安娜的手碰到她的乳房，軟軟得就像秋天成熟的柿子。聽到諮商心理師的話，安娜觸電似的收回手臂，彷彿蛇在她手臂咬了一口。這個諮商心理

師壞透了，壞透了！她竟敢這樣揣測安娜的動機，安娜恨她，恨死她了！安娜坐回患者專用的椅子上，決定再也不看諮商心理師一眼。安娜一下子成了冰山美人。她還真有點不習慣。

「噢，我說到哪裡了，昨天，對，昨天發生了一件很糟糕的事情。昨天，部門主管還有辦公室主任陪同審計署的委員們開會，委員們來核查我們部門的預算和資金使用情況。我是工作祕書，按照辦公室主任的吩咐，在規定的時間走進會議室。會議室裡的氣氛十分嚴肅緊張，委員們認真的翻看著我們的報表，部門主管和辦公室主任滿臉忐忑不安，如果有紕漏，他們會職務不保！……

我小心翼翼的給委員們添加開水。我的穿著得體，熱情文靜，我進去後沉悶的會議室突然熱鬧起來，委員們看著文件點起頭來，他們紛紛翹起大拇指，口交稱讚……不，我說錯了，是交口稱讚，對，交口稱讚。妳可以仔細的記下我這個口誤，做特殊的研究。哼，雖說不是專業諮商心理師，可是我也看過幾本精神分析學的書，也知道性慾和自我、本我、超我，也懂得口誤在妳們精神分析中的特殊含義……哼，永遠不要小瞧我，我可不是小傻瓜！……他們口交稱讚（哼，這一次我是故意說錯的！我喜歡給你們留謎團，我是淘氣的小貓咪，『喵——喵——』）起奧組委的各項工作都十分出色。部門主管長出一口氣，辦公室主任也很高興，熱情的向委員們做著介紹，『這是我們部門的安娜小姐，她的工作能力十分出色，是我們重要的儲備幹部。』

當時我提著熱水壺，正往審計委員長（審計委員們的最高主管）的杯子裡添加開水，因為是夏天，他雖然打著領帶，卻只穿著短袖。辦公室主任說這些話時，我忍不住想了下他說的安娜是誰，一會兒我才明白過來：他說的安娜就是我！但就在這一會兒的思考時間，我把開水澆在審計委員長的手臂

上。當然，我沒有意識到這些。可是很快我就聽到一聲恐怖淒厲的聲音，就像在交媾時因動作幅度過大而折斷了生殖器的公猴子叫喊聲一樣大⋯⋯我愣在那裡，不知所措，這一切都太奇怪了。沒有人知道發生了什麼，因為一層迷霧在會議室內蔓延⋯⋯妳什麼都看不清楚，這太像夢境了。要真是夢境就好了。夢境中不管聽到多恐怖的叫聲妳都會醒來，能醒來真好，一切壞事都成空。但它不是夢，它就是真正的現實⋯⋯那層迷霧（攝氏一百度的開水製造的）很快消散，我這才看到審計委員長痛苦的站了起來，他推開了周圍的桌椅板凳，正用左手扶著被澆溼的右胳膊，那裡一片發紅，又慢慢的起了一個大水泡 —— 剛開始它只像燈泡那樣大，但它膨脹的速度很快，沒人能預測出它最終會有多大 —— 因為疼痛，審計委員長滿頭大汗，齜牙咧嘴的轉著身體，希望以此減輕自己的痛苦。（可是他真夠傻的，他就是轉再多圈，他的疼痛也不會有絲毫的減輕！）我明白過來，恐懼的顫抖著，我真願意那一百度的開水是澆在我自己而不是審計委員長的身上啊！⋯⋯全場人都盯著我，在審計委員長的叫喊聲中，眾人不知道該做什麼，只好眼睜睜的看著審計委員長的表演，他一會跺腳，一會緊閉雙眼，一會又甩著右胳膊，一會又把右胳膊放在嘴邊吹個不停。但這些動作絲毫不能減輕他的疼痛，他右手臂上的大水泡慢慢成型，最終有一個被吹大的白色保險套那樣大⋯⋯眾人驚懼的望著審計委員長的白色大水泡，部門主管用手捂著嘴巴 —— 這個動作真像個女人。哼，這個娘娘腔，所有人都知道他是『兔子』，他最喜歡在公廁裡被民工們插來插去 —— 辦公室主任睜大雙眼僵在那裡，我也驚惶失措，連熱水壺也忘記放下來。事情發生得太突然了，眾人都沒反應過來。所有人都成了傻子、呆子、瘋子⋯⋯

又過了一會，還是辦公室主任反應快，他像猴子一樣蹦蹦跳跳的跑到審計委員長身邊，對他表示熱烈的慰問。就像我剛才擦拭妳毛衣上的水珠那

樣，矮胖的辦公室主任擦拭著審計委員長右胳膊上的大水泡，嘴裡還一個勁的說『誤會，誤會』。但審計委員長卻發出更淒厲的叫聲，我們耳邊還響起汽車輪胎爆炸似的巨響，緊接著有什麼東西貼在我臉上。在辦公室主任的擦拭下，審計委員長胳膊上膨脹得比氣球還大的水泡被引爆了，炸彈碎片向辦公室各處射去，會議桌上、窗戶玻璃上、眾人的臉上身上都沾滿了審計委員長燒熟的皮膚碎片。甚至有人張嘴打了個哈欠，那些美味的佳餚就直接飛進了他的嘴巴。（他能感覺到，但因為尷尬和害怕被人恥笑，他裝作什麼都沒發生，甚至還咀嚼起飛到嘴裡的美味。霧氣太大，沒有人看得見。味道實在好極了，比辦公室對面的巴西烤肉強多了。）望著審計委員長右胳膊上的森森白骨，眾人目瞪口呆。大家都不是上帝，沒有人知道該怎麼辦……

　　在暴怒的情緒中，審計委員長用尚算健全的左手猛打辦公室主任的胖臉。很不幸的是，他用的力量過大，矮胖的辦公室主任被他打得直轉圈。非常不幸的是，辦公室主任轉到我身旁時，碰到了我手裡提著的熱水壺。萬分不幸的是，熱水壺裡剩餘的開水都澆了出來。億分不幸的是，熱水壺裡的開水都澆在辦公室主任美麗的大腳上了。

　　在一團迷霧中，宛如野豬被屠宰時發出的嚎叫聲充溢著整個會議室。這個叫聲蓋過了審計委員長的叫聲。實在可以理解，澆在他腳上的開水可是澆在審計委員長胳膊上的三倍還要多啊！（會議室裡瀰漫著一股屍體腐爛的臭味。眾人紛紛摀起鼻子。這太奇怪了，會議室為什麼沒有飄出熟肉的香味呢？按說，開水早就把辦公室主任大腳上的肉給燙熟了啊……我想不明白，從晚上一直想到了天亮，最終我才恍然大悟，哦，原來事情是這麼回事啊：辦公室主任患有臭氣熏天的足癬病 —— 只有我和少數幾個人知道 —— 開水澆出的肉香味，很快就被腳臭味給掩蓋了……）……辦公室主任淒厲的叫喊了許久，大家還是不知道該怎麼辦……迷霧太大 —— 迷霧為什麼不是夢境

呢？夢境可以逃避一生，迷霧卻只能逃避一時，它比蜉蝣的生命還要短暫。大風吹起來，迷霧四散 —— 人們一點也看不清周圍人的臉孔。為了安全起見，眾人都不敢動，大家太害怕恐怖的開水會澆在自己身上 —— 他們不知道，熱水壺裡沒有了開水，開水都澆在了辦公室主任腳上⋯⋯每個人都對『辦公室安娜』印象極其深刻。

　　一個比烏鴉叫聲還要嘶啞的聲音（因嚎叫太久聲音太大而喉嚨嘶啞）恐怖的咒罵著：『安娜，妳這個瘋婆娘，妳太無恥了，妳等著，妳等著我和妳算帳！妳得罪了審計委員長，妳得罪了辦公室主任，妳死定了！不要跑，妳可不要跑啊！』

　　辦公室主任的話提醒了我，我扔掉手中的熱水壺，飛也似的逃走了。我已經無暇考慮熱水壺是否會砸在某人的身上（就像熱水澆在辦公室主任的腳上那樣）。在危險面前，逃命是唯一出路⋯⋯我無暇考慮道德 —— 妳知道我要是考慮道德，就渾身發軟，再也邁不出一步 —— 但我是那麼害怕（以前我從沒傷害過別人，就連一隻小流浪貓我都沒傷害過），恐懼讓我的動作變形，我一路上跟跟蹌蹌，跌跌撞撞，好幾次我都倒下，幾乎爬不起來，但背後傳來的恐懼叫聲讓我不敢有絲毫的鬆懈，我只能拚命掙扎著站起來繼續奔跑⋯⋯

　　雖然並不清楚被抓獲後他們會怎樣懲罰我，但我很清楚自己犯下了嚴重的錯誤 —— 甚至觸犯了刑法⋯⋯因為我，審計委員長受了傷，終身殘疾 —— 為了保命，他的右胳膊肯定會被鋸掉 —— 他肯定會解散我們部門，如果我處在他的位置，我也會這麼做的；因為我，辦公室主任失去了美麗的大腳（他年輕貌美的妻子最喜歡他的大腳，在夫妻生活中，她最喜歡丈夫用性感的臭腳揉搓她的乳房，她會很快達到高潮；年紀老、肚子大、禿了頂、陽具小的丈夫沒有了大臭腳，也就失去了所有的性上的吸引力，超級戀腳的小

妻子會一腳把他踹走）肯定要公報私仇，他是個睚眥必報的傢伙……

如果我們部門解散了，那整個奧組委就不能正常運轉，奧運會也會最終流產。如果真的發生這樣的事，一定會有許多運動員自殺，大量觀眾還會發生武裝械鬥，他們本期望著觀看體育比賽發洩身上多餘的『性慾』，但沒有了奧運會，他們身上剩餘的性慾（能量超過一百座不斷翻騰噴湧能量的活火山）只能透過夫妻吵架、與鄰居打架、虐待下屬、搶劫、強姦、殺人以及與鄰國發生戰爭來發洩……

無論怎麼解釋，沒有人相信這是『安娜』名字造成的後果，更沒有人相信部門新來的八面玲瓏安娜會是罪魁禍首……不，沒有人相信這一切，他們肯定以為我瘋了，他們寧願相信我就是凶手，他們相信我是在報復，在故意搗亂，我給他們製造的麻煩夠多的了……因為前段工作的原因，部門很多同事都對我沒有好感，他們早就盼望我出點什麼事了……可是，天啊，老天爺，妳怎麼把褲子脫了？這，這也太奇怪了……」

5

「妳不覺得這很酷嗎？妳不覺得我的胴體很美嗎？妳不覺得我很誘人嗎？」

諮商心理師雙手支撐在椅子上，像體操運動員那樣做著高難度動作，她先是高高抬起自己的雙腿，之後又分開自己的雙腿，雙腳成一條直線，一百八十度角，那是超級高難度動作！（一般人絕對做不出來。）陽光在她粉白光滑細嫩的雙腿上遊走，就連最細小的汗珠都照得清楚。她的丁字內褲（血紅色）緊緊裹著黑暗洞穴。安娜真想鑽進她的洞穴裡。她喜歡那裡。那裡曾經是她的古老家園，她一度迷失，可是終究還要重新回去……

安娜看得頭暈目眩，慌忙移開眼睛。椅子旁放著諮商心理師脫掉的褲子。在諮商心理師背後的牆壁上，掛著一幅肖像畫。主人公是個照看鏡子的貴婦人，她正對著鏡子中的自己微笑呢。（因為那裡比較暗，安娜一直沒發現，直到此刻才看到這副肖像畫。）貴婦人對安娜眨了下眼睛 —— 也許不是對安娜，而是對鏡中的自己眨了下眼睛。安娜無法確認 —— 牙齒也在黑暗中閃閃發光。安娜覺得貴婦人的臉很熟悉，但實在想不起來在哪裡見過。（也許是在夢裡吧。）貴婦人的嘴又動了一下，似乎在向安娜說什麼祕密。安娜驚呆了。這個場景太熟悉了，安娜一定在哪裡見過 —— 但是在什麼地方見過呢？是在夢裡還是前生？安娜頭都疼了，還想不起來 —— 很多人都有過相似的經驗。安娜見過不少世面，她不想讓人看出自己的疑惑，尤其在這個古怪的諮商心理師面前（她太不正常了）。安娜決定保持沉默，就當什麼都沒看見……

安娜移回目光，望著諮商心理師發白的誘人胴體，這才想起諮商心理師剛才的問話。她可真有毅力，雙腿成一條直線的姿勢保持了至少有二十分鐘的時間，要是有金氏世界紀錄的工作人員在一旁見證，她一定可以創造一個全新的世界紀錄。安娜為她感到惋惜。

「噢，噢，妳太美了，簡直是斷臂的維納斯再生。我喜歡妳……不，不，我是說我很喜歡妳坦率的行為，我很欣賞妳的無所顧忌，這讓我感覺很自由、很放鬆。對對對，我真的覺得這裡成了我的家，就像妳說的那樣，我很感謝妳……我想，要是不介意的話，妳可以把腿放下來了，這樣妳就不會感到累了。」

諮商心理師放下了腿，重新坐在椅子上。她們互相盯著看，兩個人都感覺有點不舒服。諮商心理師的不快傳染了安娜，安娜也感覺到內心的憋屈與不滿。安娜有點自責，她剛才過於莽撞，說話也欠考慮，安娜能感覺到諮商

《安娜的心理諮詢》小說

心理師比她還要敏感，她不該打擊諮商心理師表演的積極性，任何人都有表演欲望，大家都喜歡展示自己的特長。安娜要是早一點了解人的這點虛榮本性，也就不會傷害諮商心理師了。安娜很想說『抱歉』，但她一向不善於道歉，也不喜歡屈服，所以安娜刻意保持著沉默……

「如果能做夢就好了。」安娜對自己說。她打了個哈欠，一直盯著她看的諮商心理師也張著嘴巴打了個哈欠。兩人都覺得自己像嘔氣的小孩，實在可笑。安娜掏出一根菸，諮商心理師拿著打火機走了過來，但安娜卻搶先一步自己點著了菸。不知為何，諮商心理師詭異的舉止讓安娜覺得不安，但出於對她的尊重，安娜並沒顯露出來。安娜對諮商心理師笑了一下，表面上看算是和解，實則是在隱藏真實的情緒。這個策略不錯。

「妳，妳太好了，妳對我太關心了，我很感動……可是妳說的是真話嗎？」諮商心理師一邊在病歷表上記著什麼，一邊警覺的抬頭望了一下安娜。

「當然，當然是真話，我從沒有說過謊話，而且我也沒理由欺騙妳，對不對？妳知道，我也很討厭各種規章制度，在沒人的時候我們不妨把規章制度拋到腦後，顯露我們的本性。咯咯咯咯，妳說過這裡是我們的家，我確實把這裡當成了自己的家。在家裡總要講真話，對不對？……咯咯咯咯，妳知道嗎？我很高興妳在我面前放下了架子，這顯得我們，我們親如姊妹，對，我們就是親姊妹，兩朵並蒂姊妹花……咯咯咯咯。」說到激動處，安娜猛吸了一口菸，把它噴射到諮商心理師的臉上。安娜很吃驚，她不明白自己為何這樣做，就像她不明白剛才自己為何像母雞那樣「咯咯咯咯」的笑個不停一樣。安娜就像被施了迷幻術，不由自主的做出這些動作。安娜害怕諮商心理師會惱怒的大叫大嚷，或者朝她臉上吐口水。那就太糟糕了。

「謝謝，妳的話讓我很感動！」諮商心理師貼近安娜，一動不動的盯著安娜的眼睛，安娜也不由自主的盯著諮商心理師，心裡既激動興奮，又躁動

不安，就像圓月之夜，發情的瘋狗遇到狂躁的野狼一樣。諮商心理師溼熱的雙唇碰了碰安娜的臉頰。安娜的心激烈的跳動起來，就好像有一隻巨棒猛烈的敲打它，出於反作用力，心臟也跟著劇烈的跳動起來。安娜被一口菸嗆住，她咳嗽個不停。立刻就有一雙小粉拳輕捶她的後背，就彷彿有千萬隻螞蟻在輕輕嚙啃她的骨頭，安娜全身痠軟，她幾乎忍不住要迎向她那甜蜜的懷抱。但在最後的一剎那，安娜把持住了自己，她猛站起來，大口的喘著氣。安娜手中的香菸已經快要燃燒完畢，暗紅的菸頭隱藏在一大截已成廢墟的菸灰中。

「噢，這裡可真熱，妳看我都快喘不過氣了。」安娜把菸頭扔在地上，用腳踩滅。安娜一手搧風，一手抹掉額頭的汗珠。「妳看，我出的汗太多了，我很飢渴……」

「飢 —— 渴？」諮商心理師把聲音拖長，這顯得曖昧，又很意味深長。

「對。妳，妳能否幫我倒點水？」

「噢。當然可以。妳知道我很樂意為妳做任何事。任何事。」諮商心理師掩飾住失望，又意味深長的看了一眼安娜，在她轉身時，她又抓了抓胸部，似乎有一隻蚊子在那裡叮了個大包。在她走動時，她那性感的屁股（被紅色的丁字內褲緊緊包裹著）一顫一顫的，安娜看得心驚肉跳。暗處照鏡子的貴婦人也向安娜拋了個媚眼。

「噢，對了，不要熱開水，只要冷開水。」安娜猛然想起什麼，急忙對諮商心理師喊道。

「噢，當然，當然。」諮商心理師把杯子放在安娜面前，笑盈盈的望著安娜。「我從妳的故事中吸取了這個教訓，我不想悲劇在我身上重演，我可不喜歡自己的手臂被妳變成水煮肉。哈哈，我開個玩笑！不要生氣。」

「我怎麼會生氣呢？妳是個細心的小甜人。」安娜端起杯子，喝個痛快，

她太渴了。諮商心理師開心的望著安娜，還長出了一口氣，彷彿完成了一項重要任務。喝水時，安娜發現了這一點，她有點疑惑，但為了不讓諮商心理師看出她的真實感受，安娜還是喝完了杯子裡的水。安娜精神好極了，她繼續講述自己的故事，而敬業的諮商心理師趴在桌子上，快速的做著紀錄。她眼睛緊貼著病人病歷表。她這麼認真，安娜滿意極了。

「我講到哪了？……對了，我想起來了，我開始了逃跑。我跑得並不快，因為恐懼而驚嚇得要死，我真害怕他們把我抓回去啊，妳也知道他們人多力量大，還掌握著員警、軍隊、憲兵以及報紙、電臺、電視臺等喉舌機關，他們要是想抓我一個弱女子，就跟捏死一隻螞蟻差不多，只要他們找得到這隻搗蛋的壞螞蟻……非常奇怪，儘管會議室吵翻了天，卻並沒有人來抓我，辦公室可是就在會議室旁邊啊！長舌婦安娜一定看到我的罪行並把它報告給辦公室的同事們 —— 這會贏得他們的誇讚……後來，我推斷可能是辦公室的同仁們沒有接到命令的緣故吧，這是個官僚主義作風嚴重的地方，沒有上級的命令沒人敢擅自離開工作崗位 —— 辦公室主任對此深惡痛絕，他喜歡下屬對他絕對服從，但絕對厭惡下屬擅自行動，只要發現下屬有一丁點個人意願，辦公室主任只會做一件事，那就是開除他們的職務，把他們趕出辦公室，他擁有這樣的權力……

有一次辦公室裡跳進一隻黃貓，牠肆意的在辦公室裡拉屎、撒尿、放屁，那個大眼安娜馬上向辦公室主任報告了這件事。但辦公室主任並沒有任何回應。眾人都不知道該怎麼辦，只好忍受黃貓的肆無忌憚。可牠放出的臭屁實在太臭了，有好幾個員工因此罹患了嚴重的鼻炎。後來，有個聰明的員工戴起了口罩，眾人紛紛效仿，有人受此啟發，在辦公室戴起了防毒面具，眾人紛紛拋棄了口罩也戴起了防毒面具。防毒面具雖然便宜，但因為我們的薪資極低 —— 就連南方的打工妹一個月賺的錢都比我們多！多麼不公平啊，

我們可是名校大學畢業，而她們國中還沒上完呢 —— 不管怎麼節儉，那些貧困或者家庭負擔重的同事還是買不起口罩（售價只有十元人民幣）。在周圍同事的口罩與防毒面具的夾擊中，這兩三個可憐的同事只好捏著鼻子皺著眉頭工作。妳可以想像得到他們有多失落，他們不僅要忍受貓屎熏天的臭味，還要忍受不能與同事平起平坐的現實。有一個敏感的女同事 —— 她個子矮小，相貌醜陋，到了四十歲還沒有出嫁；她是出名的吝嗇鬼，捨不得多花一分錢，她把所有薪資都省下來，給自己留出一筆數目可觀的錢財當嫁妝，但很顯然，她這輩子出嫁的機率太小，幾乎還沒有非洲草原上的雄獅與中國西部的華南男虎網路戀愛的機率高呢 —— 煩惱極了，她既不想多花錢去買口罩（更不用說防毒面具了），又不甘心忍受同事們投來的白眼（大部分是她自己想像出來的，同事們對她並無惡意），她痛苦至極，在工作時總是摔摔打打，嘴裡還自言自語的罵個不停。為了不招惹她，眾人都聰明的躲遠，避免和她接觸……那個美貌安娜也戴著面具，這下子好了，她再也不能和那些男同事們眉目傳情了，以前在辦公室他們多喜歡目光調情啊……

　　黃貓觀察著這一切。在眾人熟視無睹中，牠得到了鼓勵，就變本加厲的放肆起來。黃貓甚至在青天白日裡叫春，在我們眼皮底下浪叫，還衝著辦公室的男同事亮起自己漂亮的尾巴，在他們面前炫耀牠引以為豪的雌性器官 —— 牠太可笑了，以貓之心來度人之腹。牠以為男人也像那些公貓一樣喜歡牠的性器官。很顯然，牠對自己評價過高 —— 因為沒有辦公室主任的命令，眾人無法展開行動，只好在黃貓淒厲瘋狂的叫春中埋頭工作。（黃貓氣壞了，牠從沒想到自己竟然受到了男人們的無視，竟然沒有任何一個男人看牠的寶貝生殖器一眼，一眼，哪怕一眼也好！要是牠在公貓們面前抬起腿，牠們早就跪下懇求和牠媾和了！）而且，似乎為了反抗黃貓的欺凌，辦公室的同仁們工作效率提高了幾倍。辦公室主任十分驚訝。透過電話會議，辦

《安娜的心理諮詢》小說

公室主任點名表揚了我們辦公室，但絕口不提高鼻子安娜報告給他的黃貓事件。眾人心裡很惱火，有幾個剛來的毛頭小夥子（就是和櫻桃嘴安娜眉目傳情的那幾位）甚至想衝到辦公室主任那裡去，要不是美腿安娜苦口婆心的勸阻，他們早就那麼做了……辦公室主任絕口不提三寸金蓮安娜提到的黃貓事件，沒有人說得清楚他是故意不理睬銀盤臉安娜的報告呢，還是故意用黃貓來提高我們抗干擾的工作能力 —— 大家都知道辦公室主任是個才子，熟知『三十六計』和官場厚黑學，十分善於使用各種謀略手段 —— 不過也許辦公室主任是因為老年痴呆才忘記了白牙安娜的報告，他老人家日理萬機，最近又娶了個年輕美嬌妻（嬌妻最喜歡腳氣，而辦公室主任年輕時就染上該疾，到了年老更加嚴重。他脫下襪子就能熏倒有十八層高的辦公大樓，比九級地震還要厲害。他知道自己臭腳的威力，所以從來不穿襪子。真是明智），他那有那麼多精力去記這些瑣事啊……

　　沒有人說得清楚，就連最了解他的明眸安娜都說不清楚；但黃貓的叫聲終於奏效了 —— 她在我們辦公室裡整整浪叫了一個月啊，皇天不負有心貓啊！ —— 有一天，一隻藍貓從開著的窗戶裡跳進來。牠們的意外相逢讓彼此都很高興，也許牠們是老相識或者舊情人吧。兩隻野貓在辦公室裡，就在我們眼皮下開始跳舞，雖然沒有音樂的伴奏，但牠們還是跳得很歡很High，從小步舞曲到華爾滋，從倫巴到踢踏舞，從太陽舞蹈到黑暗之舞，從大河之舞到冰川之舞，他們都跳得一絲不苟。而為了賭氣，辦公室的同仁們連看都不看牠們一眼，大家都戴著面具埋頭工作（就連老處女同事也戴著明眸安娜送給她的防毒面具，豐乳安娜戴了一個月，沒有了任何功效才送給了老處女。黑乳頭安娜最善於用卑劣手段來收買人心），工作效率又高了十倍！也許正如肥臀安娜所猜測的那樣，這些黃貓藍貓都是辦公室主任安排的一次考驗，考驗他手下員工的工作耐力與抗干擾能力。想到這裡，辦公室同

仁們再也不想休息了，他們總是加班到凌晨五點鐘。妳也很清楚，他們可都是敬業的好員工，值得敬重（鏡中。井中。警鐘）！

員工們很快熟悉了貓咪們的舞蹈，舞蹈反而極大的提高了他們的工作效率。後來，在公開的調情無效後，貓咪們開始在大家的眼皮底下公然的交合，而且牠們性交時聲音大得出奇，宛如虎嘯龍吟一般，又像放浪不羈的妓女在接客時故意大聲叫喚一般。貓咪們沒有羞恥之心，自然不懂得性交時要迴避眾人，更不懂得掩飾自己叫床的聲音……辦公室的同事們都快要瘋了，老處女員工一夜白了頭髮——她多麼渴望每天和帥哥交合，她相信自己一定比野貓叫床聲音還大；可是她很清楚自己最美好的時光已經逝去，而未來也看不到任何的希望——她一邊聽著貓咪們的浪叫聲，一邊嚎啕大哭，一邊埋頭工作（她真是敬業的好員工，年底的時候被評為『三八紅旗手』（注解：中國在三月八號婦女節會頒發給優秀勞動婦女的榮譽稱號），這可是莫大的榮譽啊……

等這一輪的嚎叫結束，黃貓終於安靜了，更讓大家高興的是，藍貓也消失不見了。黃貓雖然還不斷在辦公室出現，但牠已經不再刻意和大家搗亂了，牠比以前肥胖了一倍，而且也不喜歡在辦公室走動。大部分時候，黃貓都臥在窗戶邊閉著眼睛晒太陽，牠變得和善而討人喜愛了。雖然牠還經常忍不住在睡夢中放又響又臭的巨屁（比過年放的鞭炮還響；比夏天發臭的死豬味道還濃烈），但大家相信這並非牠的本意，因為牠在清醒時從沒放過一個臭屁，就連沒臭味的響屁都沒有。比起從前，牠簡直成了天使……在眾人的忍耐中，黃貓終於學會了羞愧。大家鬆口氣，長久緊張的心放鬆下來，工作效率倒退了好幾倍。但禽獸總是禽獸，可怕的黃貓才不會這麼輕易就放過眾人……有一天，平坦小腹安娜剛撒尿回來，她站在自己的辦公桌前就猛然尖叫起來，我敢打賭，就是飢渴的呼喚伴侶的癩蛤蟆的叫聲都沒她大。眾人以

為發生了什麼可怕的事，大家都跑到她面前，只見那隻肥胖的黃貓躺在安娜的辦公桌上，牠正用勁拉出一陀一陀又一陀一陀血肉模糊的東西，那正是牠可愛的孩子們。十三個，整整十三隻小貓咪啊……傷心安娜控制不住嚎啕大哭起來，她要送給辦公室主任的機密文件，都被貓咪的生產給毀掉了。我站在一旁幸災樂禍，黃貓也微笑的望著我，彷彿牠是我的同謀……」

6

「關於黃貓妳講得已經夠多了。妳可否可以講一些別的？」諮商心理師打斷安娜的話，她的嘴張得很大，正在打著哈欠。彷彿剛從睡夢中醒來，她又伸了個懶腰，短小的紅毛衣被拉得很高，雪白的肌膚顯露出來，甚至她滾圓的乳房也露出了底座。安娜睜大雙眼，感到心急如焚，被打斷的不快輕易就消失了。

「啊，是這樣的……噢，妳……噢，我剛才講到哪了？」安娜再次感到飢渴，她「咕咚咕咚」就喝完了杯子裡的水。水有點苦澀，但安娜毫不介意。

「噢，妳說到妳從會議室逃出來，但並沒有人追趕……」一隻五彩的蝴蝶圍著諮商心理師飛個不停，最後停在她的香肩上。諮商心理師裸露著自己雪白的肩頭，那裡成了迷人的花園。又有一隻蜜蜂嗡嗡飛來，牠在尋找花叢，希望把自己的吸蜜器放進花心中。

「噢。我不得不說，妳可真漂亮，妳是我見過的最漂亮的女人，比那個大胸安娜好多了……我都有點心亂意迷了……噢，不，不，我還是繼續講我的故事吧……我逃出了會議室，我在院子裡奔跑，儘管跑得跌跌撞撞，但沒有人來追我，忠實的員工們沒有得到辦公室主任的命令，他們比綿羊還安靜的待在辦公室裡。但我並沒太高興，直覺告訴我，我不會就這樣輕易的

逃脫。果然，當我跑到大門口時，一個女人擋住了我的去路，我定睛一看，正是水蛇腰安娜。這個狡猾的女人守候在那裡，就像獵人守候在一棵大樹前（每天都有一隻兔子撞死在大樹上），她算準了我會在那裡出現。胸口起伏著，我們壓抑著對彼此的怒火。

『留下來！跟我回去！向主任道歉！』正義安娜吼道。

『滾回妳的老鼠窩去，少在我面前叫囂！』狂暴安娜嚷道。

『殺人償命，欠債還錢。做錯事就要受懲罰，妳要對自己的行為負責！』法律安娜勸道。

『我厭惡你們虛假的面孔，我厭惡主任無聊的訓話，我不想做奴隸，我要自由，飛，我要飛，妳懂嗎，蠢鵝安娜？』黑安娜吼叫著。

『烏鴉安娜，妳叫得再厲害也不會變成鳳凰！這個世界就是這樣，弱肉強食，強權才是公理！妳一個柔弱的小女孩還能逃到哪裡去？走到外面，妳就會被野狼給吃掉！他吞下妳連骨頭都不吐！妳太容易輕信了，妳被賣了還會幫他數錢……安娜，我的好安娜，跟我回去，跟我回家吧，我會照顧妳一生，我保證！』白安娜懇求道。

『給妳的小白臉說去吧。在妳手下生活還不如被關在囚牢！安娜壞安娜，妳這個兩面三刀的傢伙，我太清楚妳了，妳怎麼會騙得了我？狗才相信妳的鬼話，跟妳回去只有死路一條，妳轉手就會把我賣給警察局，去向妳的辦公室主任老爹爹去邀功請賞！每天中午妳都到辦公室主任那裡服務，妳舔他的屁眼，他可是爽極了，別以為我們不知道，這件事路人皆知，要想人不知，除非己莫為，壞心肝安娜，妳一心只想往上爬，妳這個邪惡的女人，我看透了妳的心！』睿智安娜講道。

『狗咬呂洞賓，不識好人心。良心讓狗吃了的東西，只會把人家的好心當成驢肝肺！辦公室主任是我們的父輩，他為了工作鞠躬盡瘁，染上了嚴重

的痔瘡，我給像父親那樣的長輩服務有什麼過錯？！要知道，給長輩減輕痛苦帶來歡樂正是孝道的最基本要求……』乖女兒安娜嚷道。

　　『呸，好個認賊作父的無恥小人，上帝造出妳這樣的壞人都會哭瞎雙眼，太陽看見妳就會閉上眼睛，月亮看見妳就會流淚……妳要是懂得絲毫的禮義廉恥，也不會如此顛倒黑白，善惡不分！』要臉安娜呵斥道。

　　『閉上妳的狗嘴！醜八怪安娜，妳在嫉妒我，妳心裡很明白，如果辦公室主任挑妳去舔他的屁眼，妳跑得比我還快呢！可誰讓妳比母夜叉還醜啊！辦公室主任怎麼可能喜歡妳？妳只會讓他反胃，就像我會讓他高興一樣……說實話，妳在嫉妒我，我來的第一天妳就開始嫉妒我，到了今天妳的嫉妒更是成了瘋狂，對此我一清二楚！我要是像妳這樣醜，我也會嫉妒像我這樣美的人！我理解妳，所以我並不怪妳。我願意和妳做朋友，好朋友，一輩子的好朋友，或者是好姊妹也行，我一直想有個像妳這樣的好姊妹……』孤單安娜祈求道。

　　『說這些有什麼用？我才不會上當呢？妳以為我是三歲小孩？妳以為妳的糖衣炮彈（注解：用糖衣包著的炮彈。比喻巧妙偽裝讓人樂於接受的進攻手段）能打中我啊？讓我成為妳的朋友，讓我做妳的姊妹？呸，妳去死吧！不要讓我笑掉大牙！』壞脾氣安娜呵斥道。

　　『哼，無恥小安娜，給妳臉妳不要臉，不要敬酒不吃吃罰酒啊！妳要是不跟我回去，有妳好瞧的！我可不能放任妳墜入深淵，我要挽救妳，即使使用暴力我也在所不惜！』雙劍安娜叫道。

　　『無恥嬌娃，少來狡辯！妳就是說得天花亂墜，可是妳的嘴還是臭的，妳每天舔辦公室主任屁眼三次，妳的嘴巴怎麼會不臭？妳是辦公室的無恥叛徒，只會在主任那裡撒嬌、舔屁眼和告密者！我恨死妳了，今天我和妳拚了，我倒要看看我們倆誰更厲害？是妳的雙劍，還是我的金棒！別走，吃俺安娜一棒！』金棒安娜吼道。

我縱身跳到空中，用盡全身氣力向雙劍安娜揮去金棒。雙劍安娜沒有料到我會這樣凶狠，她舉起雙劍護在頭頂。隨著一聲巨響，火星四濺中，兩位安娜的虎口都被震得發麻。金棒安娜稍不留神，雙劍安娜也已跳到空中，金棒安娜在後面追著雙劍安娜，兩位安娜踩著雲團開始了戰鬥。雙方棒來劍往，一會兒就大戰了五百回合，兩人殺得難解難分，但因為彼此太了解，她們不分勝負。

為了早點結束戰鬥，金棒安娜率先使出法術，她向雙劍安娜噴射毒火，雙劍安娜也不甘落後，她很快甩出聖水；金棒安娜變出巨龍，雙劍安娜變出猛虎；金棒安娜變出黑麒麟，雙劍安娜喚出金鳳凰；金棒安娜變成大鵬鳥，雙劍安娜幻成大白象；金棒安娜向雙劍安娜噴射出漫天的紫蜈蚣、藍蠍子、花毒蛇、紅蜘蛛和毒蟾蜍，雙劍安娜放出紅公雞、黃金鷹、黑猛獲、貓頭鷹和巨蜥蜴；金棒安娜變成三頭六臂，雙劍安娜變成六臂三頭；金棒安娜拔出大把寒毛，變出成千上萬的安娜殺向雙劍安娜，雙劍安娜拔出大把寒毛，吹成成千上萬的安娜殺向金棒安娜……

兩位安娜殺了幾千個回合，依舊不分勝負。得到了辦公室主任的指示，安娜的同事們走出辦公室，他們在地面遙望半空中的兩位安娜。他們齊聲高喊：『安娜加油，安娜加油；加油安娜，加油安娜！』

聽到呼喊聲，雙劍安娜愣了一下，一會兒才明白同事們是在幫自己加油。但她這一疏忽，卻正被金棒安娜瞧個正著，金棒安娜甩出一個毒鏢，正好插在雙劍安娜的左胸上。在一聲驚叫中，雙劍安娜敗下陣去，降下祥雲逃逸而去。金棒安娜很高興自己沒有受到眾人叫喊聲的擾亂。她全力的投入戰鬥，沒有聽到人們叫『安娜』的名字，沒想到卻最終贏得戰鬥的勝利。

打敗了道德安娜，就更沒人敢來阻攔瘋狂安娜了……搬走了長久壓在胸口的巨石，我長出一口氣，心裡很有成就感，但又覺得難過，心裡空落落的，我明白自己永久失去了一個競爭的對手。我遺失了另一個安娜，一個一

起陪伴自己長大的玩伴，一個鬼鬼祟祟的偷窺者，一個可惡的跟蹤者，一個惡毒的監督者，一個讓人痛恨的騙子，一個心象，一個幻影，一輪水中月，一朵鏡中花，一條狡猾的伊甸園裡的蛇，一條恩將仇報的中山狼，一個孫悟空打不敗的六彌猴王……

　　……世界之大，竟沒有我的立錐之地！一切都是他們的勢力範圍，一切都被他們操控……我沒有地方可去，我只好冒險去都市的廣場 —— 不在冒險中毀滅，就在冒險中生存！在都市的廣場，我遇到了一個最奇怪的人……可是天啊，瞧瞧妳做了什麼？啊，噢，我不敢相信，妳叫我怎麼相信？我該怎麼相信我的眼睛啊？！……」

7

　　「妳不覺得這樣更好嗎？妳不喜歡『她們』嗎？」諮商心理師靠近安娜，晃動著自己白色的雙乳（有著黑色的乳頭，真是奇怪），短小的紅毛衣扔在地上。與許多熱愛裸睡的女人一樣，諮商心理師在毛衣裡面沒戴胸罩，她喜歡解放自己的身體，讓她們自由自在比什麼都好。她喜歡在空中像鳥那樣飛翔。諮商心理師轉動著自己豐碩的身軀，紅色的頭髮也隨著她的身軀甩動，而雙乳就像鴿子一樣在她懷裡飛來飛去，她們就像拉長的彈簧一樣收縮自如……更妙的是，陽光一直追隨著她的乳球，片刻也沒有離開，一直跟隨她的乳球上下左右飛舞著，就像白色的蝴蝶守護著她嬌嫩的玫瑰花蕾……

　　「為什麼？為什麼要誘惑我？妳知道，我最受不了這樣……啊，天啊，停下來，我都被妳轉得天旋地轉了。噢，不，不，不……」安娜渾身無力，頭暈目眩得厲害。安娜只看見兩個乳球在眼前飛來飛去，飛上飛下，飛左飛右，飛南飛北，飛西飛東……安娜想要捉住她們，但她們飛得太快，安娜跟

不上她們的節奏。兩個乳球飛行的方向不一樣，安娜剛要捉到一個乳球，另一個乳球跟著飛過來，安娜轉身去追另一個乳球，結果就放掉了第一個唾手可得的乳球。

好一會安娜才明白過來，她不能跟著兩個乳球亂跑，只有專下心來追趕一個才有可能捉住她們兩個，抓住了一個也就能逮住第二個了……安娜盯著一個乳球，緊緊的跟在她身後追趕，不管另一個乳球在她面前晃了有多久，安娜都沒有放棄第一個目標。這一招真奏效，安娜追趕了十分鐘，第一個乳球累得精疲力竭，終於飛行速度變慢，安娜抓住機會，縱身一撲就把她緊緊抱在懷裡。安娜多麼興奮啊，她追了那麼久，終於成功的捕獲了獵物。安娜緊緊抓著乳球，對她看了又看，她真想把她含在嘴裡，吞到肚裡，塞到她的黑暗洞穴裡……

安娜呆住了，她抱著懷中的乳球看了又看，乳球上有一個紅色的傷疤，這讓她想起了手下敗將雙劍安娜，她正是被安娜的毒鏢刺中左乳的；而且，雙劍安娜可也是黑乳頭啊！……難道，難道她，她就是……這怎麼可能？可又怎麼不可能？！大千世界，無奇不有啊……天啊，這有多可怕，安娜費盡心機的想要逃走，她跑了這麼遠，她付出的代價可有多大啊……她以為逃脫了敵人的控制，剛要喘口氣就發現敵人一直就在身旁，她還沒有跑出敵人的手掌心呢……

安娜呆在那裡。那個聰明的乳球看準時機，一下子從安娜的手中飛走了。（煮熟的鴨子飛不走，沒被抓牢的乳球飛走了。）她的同伴多歡喜啊，急忙迎上前去，兩個乳球撞在了一起，安娜聽到了一聲巨響，但她們一定沒感覺到疼痛，因為她們又在一起翩翩起舞了，就像『妳挑水來我做飯』的董永和七仙女，就像十八相送的梁山伯和祝英台，就像陽臺相會的羅密歐和茱麗葉，就像攜手一起殺人的馬克白和馬克白夫人……安娜緊緊盯著剛從她

手掌心逃走的乳球，可那兩個乳球貼得那麼緊，安娜一會就分辨不出來了。安娜只好仔細觀察兩個乳球，她查看了半天，卻怎麼都看不見那道紅色傷疤了。兩個飛舞著的乳球都潔白無暇，一點傷疤都看不到。（但她們都有黑色的乳頭，這是不爭的事實。）

「我一定是眼花了。」安娜對自己嚷道，也許敵人使了「障眼法」的法術……不讓這一切都沒辦法解釋。沒有人能說得清楚，就是白鬍子老頭也說不清楚，他連說清楚自己在那裡什麼模樣都不能……兩個乳球繼續在安娜面前飛舞，就像兩個舞動的流星錘。安娜已經耗盡所有力氣，她對自己惱怒起來。她淒厲的叫喊了好幾聲（比辦公室裡黃貓的浪叫聲還要大），終於倒在地上。安娜拚盡全力爬向乳球的主人 —— 我們敬愛的諮商心理師。諮商心理師正圍著一根金棒跳著鋼管舞，她的屁股扭來送去，原來盤著的頭髮解開了，她把紅頭髮（對了，諮商心理師一頭濃密的紅髮，真像是紅毛女妖）甩來甩去，那對乳球暫時放過了安娜，她們在紅色的雲彩中飛舞，自由的舞來舞去。安娜興奮得渾身顫抖，全身痙攣，她的眼神模糊起來，似乎畫中的貴婦人（就在諮商心理師身後）也褪掉了衣服，渾身赤裸著在房間裡跳舞，安娜也加入她們的舞蹈行列……

三個女人，三個高個子的女人：美麗的女人，自由的女人，赤裸的女人。她們因為舞蹈而興奮，因為興奮而舞蹈，她們的身體表現著她們的熱度，這是個熱情的時刻，三個女人都激動得難以自持，三個人恨不得化成一體 —— 她們也許本來就是一體，後來因為造化的戲弄而分離；也許她們本來就是三人，在月夜下喝酒狂歡，因為醉倒疊化成一人 —— 而且，三個女人還都比賽著舞姿，一個一個圍著金棒轉，都想在金棒那裡多停留一刻。她們一個瘋狂的扭動著屁股，另一個就更瘋狂的轉動著腰身，第三個就比前兩個更瘋狂的甩動頭髮。

「黑頭髮飄起來，紅頭髮飄起來，紫頭髮飄起來，飄起來飄起來飄起來……」

三個女人飄在雲朵中，有的飄在紫雲中，有的飄在黑雲中，有的飄在紅雲中……三朵雲彩交互輝映，互相融匯，她們圍繞著金色的太陽旋轉著，旋轉著……

我敢說，即使最出色的鋼管舞女郎都不敢打包票能超過她們。沒有觀眾的欣賞，她們這樣賣力的演出實在太可惜了。我認識一個朋友，他非常喜歡去全世界旅遊，而他之所以喜歡旅遊只是因為他喜歡觀看世界各地的鋼管舞表演。也就是說，他是鋼管舞的狂熱愛好者。如果我知道這裡有精彩的鋼管舞表演，我一定會事先通知他。為好朋友做一兩件開心的事，我也會很高興，他一定會欣喜若狂的。沒有觀眾的欣賞和熱烈鼓掌，可惜了娜娜們的這次精彩演出……

不知過了多久，安娜精疲力竭的倒在地上，裸舞的貴婦人也消失不見（她重新回到油畫中照起了鏡子，她一頭紫髮），諮商心理師猶在狂舞，一點也沒有疲勞的樣子，兩個乳球熟練的在她和安娜周圍舞動。安娜真佩服她的耐力和精力。舞蹈更加刺激安娜的性慾，在一種無法控制的衝動下，安娜抱住了諮商心理師的長腿，激烈的親吻起來。「為什麼這樣，妳知道我的自制力是最差的，為什麼？為什麼要引誘我？……」

諮商心理師停下扭動的腰部，低頭凝望著跪在地上的獵物，忍不住哈哈大笑起來。安娜心急如焚的樣子真讓她開心。對於任何人來說，這樣被人熱情的擁戴，都是一件幸福的事，即使這人是妳的敵人，但只要能滿足妳心底的飢渴慾望，那她就是有用的。諮商心理師就是這樣想的。而且，對於崇拜者的疑惑，她還必須傳道授業解惑，扮演起精神導師的角色。

《安娜的心理諮詢》小說

「安娜，妳知道，身為妳的諮商心理師，我很高興為妳做任何事情。滿足患者的需要是我們行業的唯一定則。有時候患者會提出各種可怕的、超出妳承受限度的要求，但身為她的諮商心理師，妳必須無條件的服從她的需要，不管她的需要多麼違背妳的道德或者倫理底線。我們職業的性質決定了這一點，也就是說，每個諮商心理師都必須要具備大無畏的犧牲精神。所以說，並不是誰都適合去做諮商心理師，只有那些有慈愛之心、有博愛胸襟、有悲憫情懷的人才能做諮商心理師 —— 當然，諮商心理師還有很多更專業、更嚴格的要求，以後妳會慢慢明白的。因為時間有限，我們只揀重點來說。除了上述提到的那些之外，諮商心理師還需要有一雙敏銳的眼睛，就像孫悟空的火眼金星一樣，她必須一眼刺穿患者的面具和盔甲，她必須一眼看出患者潛藏的欲望和心理，就像孫悟空一眼看穿妖魔的偽裝變形一樣。這一點對諮商心理師尤其關鍵，它是諮商心理師最重要的特質，也決定了諮商心理師的不同級別，誰能最先看出患者潛藏的最真實欲望，誰就是最厲害的諮商心理師！—— 噓，別插嘴，別問問題，在我講話時，我不喜歡被人打斷，耐心聽講的學生最討老師的歡心 —— 不過我想妳這麼聰明，肯定很快就會想明白我講的這些內容，以及我為什麼告訴妳這些……安娜，還有一點妳要牢記：讓患者自己說出她們的需要和欲望非常容易，比掐死一隻螞蟻還容易，但要患者說出她們的真實欲望，則比登天還難。妳知道為什麼呢？」

諮商心理師嚴厲的盯著安娜，她搖了搖頭。安娜有點恐懼，又有點擔心。她不知道她葫蘆裡賣什麼藥。

「像妳這樣愚笨的學生真該打手掌心！咳，太氣人了，不過妳是初學者，我不能有過高期望。讓我來告訴妳答案吧，支起妳的兔子耳朵聽好了 —— 好話我可不想重複兩遍 —— 很顯然，很多患者並不明白自己的心理，她們對工作、男人、性愛和孩子可能很在行，但對於自己的心理世界卻比海

底世界還要陌生。她們說的和她們真實想的往往是兩回事，並不是所有人都明白自己的真實欲望，大部分人都過得渾渾噩噩，混混沌沌，她們口是心非，心口不一，一會說東，一會說西；一會要舞廳，一會又唱戲；一會撒尿，一會放屁；一會舔別人的屁眼，一會又讓別人嘬住自己的乳頭……總之，再也沒有比患者善變的人了。所以哲人蘇格拉底才說出『認識你自己』的名言。英國最權威的心理學家佛洛伊德教授（一個著名的精神病學者）的最新研究成果表明，患者之所以生病就是因為他們不了解自己，不明白自己潛藏的真實欲望，在道德、文化、文明、法律和禁忌等的禁錮下，患者往往掩蓋內心真實的欲望，害怕表達真實欲望會帶給自己巨大傷害……這是現代社會的弊病，所以我們周圍的患者日漸增多……這是最壞的時代，也是最好的時代。這麼多的患者，正是我們諮商心理師大顯身手的絕好時機。在痛苦與不幸的患者面前，我們諮商心理師的作用就是採用多種手段，刺激和引逗患者表露出潛在的心理欲求，這就是本心理諮商室的第二條規則。這種方法正如禪宗所謂的『當頭棒喝』，透過這種警醒作用，讓患者明白自己的心理癥結所在，從而達到治病救人的目的……安娜，對於這一點，妳明白嗎？」

「我，我不明白……不，不，我明白，明白。」安娜早已聽得頭腦發昏，她很害怕諮商心理師對她訓斥，只好裝出懂了的樣子 —— 從小到大，安娜一貫善於偽裝。安娜抬頭仰望著諮商心理師，她可真夠專心聽講的，一會對著諮商心理師微笑一下，一會又衝著她點點頭，眨眨眼睛。安娜竭力向諮商心理師傳遞『我懂了』的肢體語言，至於她是否真的懂得，就連安娜自己都不清楚，她只是很高興她對她說了那麼多，這暗示著她有多麼喜歡她……安娜一隻耳朵進，一隻耳朵出，她沒記住多少諮商心理師所講的內容，但這絲毫也不妨礙安娜對她的崇拜：諮商心理師懂得可真夠多的，什麼時候安娜才能達到她的成就呀？……安娜累極了，小女孩體弱多病，還沒從剛才追逐乳球和熱情舞蹈中恢復過來。

《安娜的心理諮詢》小說

「到底明白不明白？」

「噢。也許明白了吧。」安娜看著諮商心理師臉上陰晴不定的表情，也只好給出模糊的答案。

「嗯，反正不管妳現在怎樣，一會妳就明白了。」諮商心理師把安娜拉進自己懷裡，還對她莞爾一笑。安娜有點受寵若驚。「說吧，說吧，妳還想讓我為妳做什麼？」

安娜又緊張的喘不過氣來，諮商心理師的乳房緊緊的貼在她的胸前。安娜艱難的嚥了口水。「我還想，還想……」安娜說不下去了，道德的羞恥心讓她滿臉羞紅。

「說吧，說吧，我會滿足妳一切願望！不要忘記，諮商心理師要看出並滿足患者的各種潛在的欲望，這既是諮商心理師的職責，也是她獲救的唯一途徑！……妳要記住，這是心理諮商室的第二條規則 —— 我已經說過了一遍，在這裡重複只是為了要妳記住，我也不想嘮嘮叨叨得像個老太婆，但做老師的都有這樣的毛病，我們生怕你們沒有記住，所以不斷強調著重點內容 —— 這是出於好心，所以妳要原諒我！……好了，我們得把握時間，安娜，說吧，說吧，大膽的說出妳心裡的真實欲望吧。」諮商心理師親切的撫去安娜頭髮上的沾上的蜘蛛絲，那是剛才跳舞時不小心沾上的。為了鼓勵安娜，諮商心理師甚至還親了下安娜的額頭。

「妳可否，可否褪去妳的……妳的……」安娜激動得語無倫次起來。要是有個地洞，安娜早就鑽進去了。

「哦，妳是說我的丁字內褲吧。哈哈，放心，我一定會滿足妳的願望。」彷彿為了證明自己的真心，諮商心理師還拉了拉丁字內褲的鬆緊帶。（安娜快速的瞥了一眼，她模糊的看到了她黑色的毛髮，真像地獄中母夜叉的凌亂

頭髮。安娜興奮極了！）鬆緊帶接觸到皮膚發出「啪啪」的聲音，就像大熱天躺在泥坑裡涼快的母豬發出的臭屁聲，兩個人都笑了。諮商心理師柔聲說道，「可是在這之前，安娜小乖乖，妳需要把妳的故事講完。這樣，我做好完整的治療紀錄，也就可以結束今天的工作了。我累極了，不記完病歷紀錄就走不開……幫我完成任務好不好？妳知道妳是甜心小乖乖！」諮商心理師對安娜的臉蛋又親又捏。

安娜緊緊的抱著諮商心理師。她喜極而泣，覺得幸福極了。

諮商心理師擦去安娜的眼淚。「寶寶，妳渴了吧？」

「不，我不渴。我覺得渾身充滿力量，這是愛的能量。」

「不，不不，妳一定渴極了，因為一會還有很多話要講呢，妳還是喝點水潤喉吧，水是生命的能量。對不對？乖，聽話了！」諮商心理師像個倔強的小媽媽。沒有辦法，安娜只好接過杯子，為了讓諮商心理師更高興，安娜一口氣喝完了杯子裡的水。安娜覺得水的味道有點怪，又苦又澀，很像鱷魚的眼淚。安娜當然沒嚐過鱷魚的眼淚，但她覺得鱷魚要是流眼淚的話，牠的眼淚一定就是這種味道。為了不讓諮商心理師不高興，安娜並沒有說出來。

諮商心理師高興極了，她把安娜安置到小床上，還給她肚子上蓋上白色的床單。這樣安娜就不會感覺太累或者太緊張，她會非常放鬆的講完自己的故事。躺在床上安娜舒服極了，就像重新回到母親的懷抱。諮商心理師答應安娜，等她一講完故事，她馬上就褪去丁字內褲，片刻也不會猶豫。之後她們就會在床上翻滾、打鬧和親吻。

她們會大聲叫喊的，就像那些快樂的貓咪們。

安娜從沒有比此刻更幸福。此前沒有，此後也不會有。

8

「打敗了杏眼安娜，我高興極了。長久壓抑的不快也隨風而去……」

「對不起，我必須要打斷妳一下。妳剛才提到妳打敗豪乳安娜後，妳感覺既開心又失落，可是妳現在卻只提到妳的開心。」諮商心理師認真的翻看著病歷紀錄，她一手扶了扶金框眼鏡，另一隻手抓了抓左乳球。她赤裸著雙乳，樣子很不雅觀 —— 雖然沒有胸罩的托襯，諮商心理師的乳球絲毫沒有下垂，仍舊又大又滾圓。有那麼一會，安娜懷疑她的乳球是假的（是人造乳球或者在乳房裡注入了矽膠），所以剛才在她懷裡時，安娜對她的乳球又捏又摸；可是她的乳球細膩光滑又有彈性，完全是一個正常乳房所應該具有的特徵。安娜的懷疑也就消除了 —— 不過安娜很喜歡。安娜希望自己也有這樣的像球一樣的乳房，她的乳房下垂得太厲害了。安娜還有更多的東西需要向諮商心理師學習。

「是嗎？真的是這樣嗎？」安娜還在想乳球的事情，對講故事有點厭煩，不怎麼上心，更不記得原來故事的結尾。

「對，就是這樣。不信妳看。」諮商心理師遞來病歷表。安娜翻看一下，搖了搖頭，又聳了聳肩。

「對不起，我也說不清楚剛才為什麼說『既開心又失落』，可是我現在真的感覺打敗了唇香安娜後，我內心非常開心，只有開心，沒有一丁點的失落……這怎麼辦？」

「嗯，好吧好吧，妳就按照現在的感覺講吧。真是的，變來變去的，還讓我怎麼記錄呢。真是比變色龍變得還快呢！」諮商心理師痛苦的搖著頭，右手緊緊的捏了下左乳頭（顏色是黑色的）—— 似乎在提醒自己要集中精力記錄，不要受到壞情緒的干擾。安娜想起古代書生們為了讀書時不睡覺，他

們「頭懸梁，錐刺骨」，諮商心理師掐自己乳頭的方式雖然和他們的不同，但目的完全相同，都在提醒自己集中精力……諮商心理師沒看到安娜的偷笑，因為她正埋頭修改病歷紀錄呢。

「戰勝了豐腴安娜，我太開心了，風吹走了我的所有不快……」

「妳每次都講的不一樣，這讓我怎麼記錄！」諮商心理師把筆摔在了桌子上，有幾滴紅墨水濺在她的乳球上，把她的黑乳頭也染成了紅乳頭。安娜感覺有趣極了，她要是現在含著她的乳頭，一定會滿嘴變得血紅，就像剛飽餐一頓的吸血女鬼。

「沒辦法，每次我的感覺不一樣，講的內容也當然不同了。要不我們不講這個爛故事吧——它又臭又長，還沒頭沒尾，真無聊，我一點都不喜歡它！我們還是趕快做愛吧！」

「哼，想得真美，我就知道妳會給我搗亂！妳真夠厲害的，不過一會就有妳好瞧的！好吧好吧，算妳贏了，妳就按照妳現在的感覺講吧，講吧，快點講啊！」諮商心理師氣得雙乳顫抖，她真想把兩個乳球狠狠摔到安娜臉上。如果不是為了更高目的，她一定會這麼做的！

「我狠狠的羞辱了美陰唇安娜，高興萬分，她一直耀武揚威，高高在上，想不到今天卻摔得這麼慘……辦公室的同事們跑開了，他們護送著受傷的靚陰蒂安娜飛快逃命。我知道自己不能麻痺大意，這裡不是久留之地，必須飛快逃走。我很清楚，警察局很快就會撒下天羅地網來追捕我……我像風一樣跑過建築、商鋪和房屋，一刻也不敢停留……路上，我聽到救護車飛馳而過的聲音，我知道，救護車是為了救助那些被我深深傷害的人——審計委員長、辦公室主任和黑陰戶安娜的。想到這，我就更羞愧，也更害怕了……

為了不引人注目，我進了一家外貿服裝店，用我最後一筆錢買了一件連身裙。唔，就是這條粉紅色裙子，顏色素雅清純，給人純潔可憐的感覺，沒

《安娜的心理諮詢》小說

有人想到罪犯安娜會穿著這樣的裙子逃亡。這是我的小花招和小手腕。在生死存亡的瞬間，人們潛意識中的能量就會被調動起來的。我就是這樣……什麼？妳說這雙小紅靴子，哈，這是我的最愛，是我可憐的老外婆留給我的（她死去十年了，她被一條野狼整個給吞掉了。想起還沒有留給外孫女一件禮物，老外婆傷心極了，她懇求野狼張大嘴巴。野狼剛開始怎麼都不同意，最後牠動了惻隱之心，畢竟牠剛吃了母親，理解疼愛後代的滋味。野狼張開了大嘴巴，透過野狼粗大的喉嚨，老外婆艱難的把這雙紅靴子扔了出來。老外婆在野狼的肚子裡死去，野狼對她老人家很是敬重，就把這雙小紅皮靴放在我家門口），從上班到現在我一直穿著這雙紅色小皮靴。我在服裝店的時候，猶豫了很久，我真想扔掉它（辦公室的同事們和騷陰道安娜都知道它，這雙紅靴子簡直成了我的標誌，也許它會出賣我），但我就是沒辦法扔掉它，它身上包含了我們家族太多的記憶……是的，妳說得很對，這雙靴子很適合這件連身裙，她們都是紅色，配在一起棒極了，這讓我看起來就像某個童話中的小女孩……哈，妳一定能猜得出來……真的，說實話，我太喜歡這雙小皮靴了，雖然它看起來怪怪的，但在這雙靴子身上，我能夠看到家族的歷史和自己的過去……」

「關於衣服和皮靴的話題已經談得夠多了。請妳繼續講述後面的故事吧。」諮商心理師跪在地上，摸著安娜腳上的紅色小皮靴（她躺在床上，還穿著自己的紅色小皮靴）。安娜喜歡諮商心理師的這種姿態。

「好吧。我也希望能早點講完這個長故事，它太長了，一點也不簡潔，我可不喜歡 —— 妳瞧，我都打起了哈欠……我說了太多的廢話，這個故事的主線不斷被打斷，這可不好啊。我嘮嘮叨叨的講了太多無聊的枝節，照我說啊，很多無趣的東西都該刪掉，如果我是妳，我就不會記下我所有的話。應該學會篩選，好作家應該學會篩選啊……如果我們只是小說中的兩個人物，

我真的要說把我們創作出來的那個作家水準不怎麼樣，他寫得囉哩囉嗦，情節線太龐雜了，對話也沒趣 —— 正像是瘋子寫的！我可不喜歡她，更不喜歡這部小說。還鼓吹什麼先鋒小說呢，我看是『陷瘋』小說才更準確……」

「我們怎麼可能是小說中的兩個人物？」諮商心理師緊蹙眉頭，這是她聽到的最古怪的話。

「這當然不是真的。哈，我說我們是小說中的兩個人物，這是個玩笑話。這就像我說妳的陰道像玫瑰花一樣，這是打比方，在文學上都屬於『比喻』的修辭手法，妳會理解的，對吧？……哈，我們當然是有血有肉的人，再也沒有比我們更真實的了！難道不是這樣嗎？如果我們不真實，我就不知道還有誰更真實了！……好好，我不說廢話了，我保證不說廢話了，我也想早點講完和妳……好吧，好吧，不要生氣，真的不要生氣，我講，我開始講了啊……

走出服裝店，我也不知道自己該往何處去。我知道自己已經一無所有。我所有的東西都是公司配備的，我住的房子、我的自行車、我的醫療保健，就連我的一日三餐也由員工餐廳提供。我這樣逃離公司，自然沒臉再去享受這些福利。想到自己以後將會無依無靠，我禁不住感到陣陣淒涼。我可是堂堂國立大學畢業的高材生啊，誰想得到最後竟流落到街頭，與乞丐、小偷和妓女們混在一起，家鄉的父老鄉親們會怎麼看我？他們要是知道我現在的慘狀，他們一定會笑掉大牙的，如果他們有大牙的話……我以前在奧組委工作時，他們對我又敬又怕 —— 我算是我們縣城一百年裡事業發展最有前途的一個 —— 他們一心期盼著我在公司裡芝麻開花 —— 節節高，希望我早點成為名人，能在首都為他們撐腰爭氣……可是我現在卻成了流竄逃犯。現代媒體這麼發達，我的暴行很快就會在全國流傳，我的畫像也會貼在全國上下，我是臭名昭著的大壞蛋……含辛茹苦把我養大的父母親一定傷心透了，我摧毀

《安娜的心理諮詢》小說

了他們一輩子的希望，扼殺了他們後半生的幸福，他們以後可怎麼活啊，他們不知要承受多大壓力啊……我可知道我們縣城人欺軟怕硬的本性，也知道他們以前羨慕、吹捧、討好我的同時，就對我又是眼紅又是厭惡又是害怕。他們終於等來了報復的好時機。他們會一邊同情難過一邊幸災樂禍，心中就像打翻了五味瓶，酸甜苦辣澀什麼都有。這就是我可愛的父老鄉親們……

想當年，當我考上名校時，當我進入中央部委（奧組委屬於中央部委的一個分支）工作時，縣城人哪個不稱讚我？哪個不為我感到驕傲？父母更是紅光滿面，他們怎麼能想得到當年拖著鼻涕、最愛哭鼻子的小安娜現在竟成了整個家族的榮耀？！要知道，在我進入部委工作的第二天，縣長（以前從沒出過政府大院）就親自到我們家坐了整整三個小時！坐在滿是泥濘的大廳（我們家房子漏水，家裡沒錢修理房屋，我上學和找工作花光了家裡的所有積蓄，父母還欠下一屁股債），愛乾淨的縣長絲毫也不覺得丟臉。周圍鄰居真羨慕縣長光臨我家的寒舍，這是多麼大的榮耀啊……就是在前天，父親還打電話說縣政府準備獎勵我們家一間三房兩廳的精品房呢，後天就把鑰匙送到我們家呢；可是現在，別說房子了，就是以前逢年過節縣政府發給我們的補貼和救助款也會收回，我們家一下子會從小康重新回到赤貧狀態，父母甚至會負債累累……到不了明天，縣城各個角落就會貼上我的通緝令，我們家的電話也會被警察局竊聽，爸爸媽媽的行蹤也會被人嚴密監控，他們奮鬥了一輩子，晚年卻如此淒慘，而這一切都是因為他們的寶貝女兒安娜的緣故啊……

那些鄰居們該會怎樣嚼舌根呀！『什麼？就是那個聰明安娜？』『可不是她！別看她瘦小無力，她卻殺死了三個大男人！現在聽說她逃到綠森林裡，和一幫強盜混在一起！』『她為什麼要殺人呢？這個小傻瓜。』『還不是因為吃醋，小女孩嘛，感情受欺騙了。』『那她怎麼殺了三個男人？』『她

發現自己的男朋友和一個男人有性關係，而那個男人還有男朋友，安娜暴怒之下把他們三個都宰了。』『乖乖，太厲害了。女人要是發怒起來，比母獅子還厲害。』『妳們家那頭母獅子怎麼樣呢？哈哈。』『妳要是把手指頭放在她嘴邊，她會把妳的手臂給吞掉。妳要不要試一試？』『怪不得妳的第三隻手不見了呢。』『妳的才不見呢……』『咳，聽說政府已經調集三個旅的軍隊捉拿她，妳看吧，過不了兩天，她就會被抓住砍頭示眾呢！』『咦，看她父母還炫耀不炫耀了，這倆個老龜孫，以前見面總垂著臉，尾巴都翹到天上的！』『就是，以後見面非得羞辱羞辱他們！』……天啊，這有多可怕……我真混蛋，為什麼這麼不小心，要犯下這麼嚴重的錯誤？那些小孩子們會整天在我父母家門口唱侮辱歌謠：

安娜安娜，流著鼻涕的小安娜，
安娜安娜，乖乖聽話的好安娜，
好好學習，天天向上的慧安娜，
考上名校，留在京城的強安娜。
安娜安娜，帶給我們榮譽的好安娜，
安娜安娜，帶給我們厄運的壞安娜！

安娜安娜，殺人放火的惡安娜，
安娜安娜，妳犯下了滔天罪行，
安娜安娜，妳澆滅了父母的希望，
安娜安娜，妳給父老鄉親臉上摸黑。
安娜安娜，帶給我們榮譽的好安娜，
安娜安娜，帶給我們厄運的壞安娜！

9

「這些想法就像風一樣在我頭腦刮過，但我很快就把它們遺忘。很明顯，我要想繼續前進，我要想生存下去，在目前的狀況下，我就不能太顧忌別人，即使是我的父母我也不能多考慮，只有暫時把他們丟在腦後，我才能跑得更快，才能逃出敵人的包圍……我並不是說我不愛他們，我非常非常愛我的父母，他們為我的成長付出一切，我也很想為他們做一些事情，我也很想為他們臉上增光……但事實很清楚，我不能總想著他們，不然那可怕的負擔會把我壓垮，我已經這麼累了，心那麼沉重，還是讓我暫時考慮考慮自己吧……

而自己總是最重要的，不是嗎？我不是一直在追求所謂的自由和飛翔嗎？現在我得到了這一切，雖然付出巨大代價，但這一切還很值得。事實上，我很高興，因為這一切正是我最希望看到的……我想，我之所以留在京城就是為了這一天，為了可以自由表達自由飛翔的這一天。這一天我陷入人生的絕境，卻也獲得了絕對的自由，而自由正是我最看重的價值！這就是所謂的『有所得必有所失』吧。我失去的只是枷鎖，得到的卻是整個世界……在尋找自己的艱難過程中，我遺失了工作、失去了家人、放棄了無量前程，社會地位更是一落千丈，由權威中心走向了被排斥的邊緣。但我十分勇敢，我為自己喝彩，甚至都有點敬佩自己了……

但我很快就厭惡這些評價。我只想忘掉所有，我只想在無拘無束中尋找我的生活，我只想找到完全屬於我的生活。我只想輕鬆而無所顧忌的行走。行走可以讓緊張的神經鬆弛下來，行走可以讓我忘記過去：忘記在縣城辛苦讀書的童年沉重生活，忘記在大學與周圍同學激烈競爭的青年壓抑生活，忘記與那幫惡鬼們爾虞我詐的辦公室無趣生活，忘記了和闊子宮安娜互相厭惡

的驚恐噩夢生活，忘記了在會議室裡犯下罪行的恐怖生活……我就像一個新人，一個剛剛出生的孩子，有著嬌嫩的肌膚，純潔的心靈，清澈的眼睛，還有著幸福的笑容……我挪去了壓在心頭的沉重大山，也就獲得了新生。誰對生活微笑，生活就對誰微笑……事實就是這樣，我在大路上行走的時候，小鳥向我微笑，野狗向我問好，流浪貓咪們向我打招呼，大家一起為我的新生歡呼……」

　　一聲淒厲的叫聲打斷了安娜的敘述。安娜躺在小床上眼見就要睡著了，那叫聲驚醒了安娜。她驚恐的睜大眼睛，一對綠眼睛凶狠的瞪著她，它們在窗戶那裡閃閃發光。安娜不知道那是什麼野獸（豹子還是野狼？），就在安娜想著怎麼躲閃時，一隻大黑貓 —— 安娜記得在窗戶邊曾經看見過牠 —— 已經從狹小的窗戶裡鑽進來，黑貓飛快的朝安娜撲去。安娜大叫一聲，以為黑貓會咬斷自己的喉嚨。是啊，辦公室主任怎麼會輕易就把安娜放過呢？ —— 安娜可是他的最大仇敵啊 —— 他一定在四周派了不少殺手……

　　很是出乎意料，黑貓沒有咬安娜的脖子，而是跳到安娜的胸上。（安娜看到了黑貓有著雄性生殖器，牠是隻漂亮的公貓。）安娜渾身顫抖，她驚恐的用床單把自己的腦袋蒙住，但黑貓咪並沒在安娜身上停留，而是飛快的跳進了諮商心理師的懷裡 —— 牠只是把安娜的胸部（比諮商心理師的小多了）當成了跳板。安娜從被單下偷偷往外看，黑貓正淘氣的逗弄著諮商心理師的兩個乳球 —— 從動作的熟練程度來看，他對她們非常熟悉。乳球圓滾滾的，就像兩個皮球，非常適合黑貓玩樂。諮商心理師很高興黑貓這樣做，她把牠抱得緊緊的。

　　安娜躺在小床上看呆了。諮商心理師向安娜介紹說，「這是我的寵物球球。就像每個大齡女一樣，我也有自己的伴侶 —— 那就是我的寵物球球，妳也知道，男人太靠不住了，他們還沒一隻野貓忠心呢……球球可淘氣了，最

《安娜的心理諮詢》小說

喜歡和我這樣玩。是不是，球球？來，跟安娜打個招呼。」球球叫了兩聲，還向安娜舉了舉爪子，算是回應主人的提議。不一會，在諮商心理師懷裡，球球安靜的睡著了，牠的嘴巴還緊緊嚙著諮商心理師的乳頭，就像那些睡覺時喜歡嚙著奶嘴的嬰兒一樣。諮商心理師抱著肥球球，嘴裡唱著催眠曲，給牠的睡眠伴奏。每當諮商心理師停下哼唱，想要對安娜說點什麼時，睡著的黑貓球球就本能的咬起諮商心理師的乳頭來。當然他只是輕輕的咬，並沒像咬老鼠脖子那樣去咬，但諮商心理師還是輕聲叫起來，還皺著眉頭，一副很痛苦的表情。（球球的嘴變紅了。安娜以為他咬破了諮商心理師的乳頭。但諮商心理師並沒推開或者阻撓球球……後來，安娜想起了剛才幾滴紅墨水曾經濺到了諮商心理師的乳頭上 —— 還把她的黑乳頭染成了紅乳頭 —— 現在，這些紅墨水起作用了。）安娜看得心驚肉跳，同時也慶幸自己沒有這樣的寵物。

半個小時後，黑貓球球才沉沉的進入夢鄉。諮商心理師這才鬆口氣。她首先為耽誤安娜的時間表示歉意。安娜說沒關係。諮商心理師說，「孽障啊，這都是前輩子欠下的。」安娜點頭表示理解。諮商心理師摸了摸球球的性器官，睡夢中的球球叫了一聲，似乎很享受。

「妳講完了？」諮商心理師問道。

安娜又點點頭。諮商心理師一手吃力的抱著肥胖貓咪球球（牠可是至少有三十斤重啊），一手翻著患者病歷表。她找了一會，才找到安娜剛才的說的話，她很敬業，一字不落的記下安娜所有的話。「妳剛才說妳在廣場上遇到一個奇怪的人……」

「我說過嗎？」安娜吃驚的問道。

「是的，妳看，寶貝。」諮商心理師把病歷表放在安娜面前。

「噢，讓我想想……」安娜陷入沉思中，諮商心理師耐心的等待著，她很

理解安娜。當一個人無意識想要忘記時，她一定什麼都不會記得；相反，當一個人無意識都想記住一切時，她也就很容易記住生活的點點滴滴。諮商心理師有過同樣的體會。

「我們可以跳過這一段，直接開始下一段嗎？」安娜小聲的說，同時不忘記捏了捏諮商心理師肥大的屁股。諮商心理師正在弄著球球的性器官，安娜捏她屁股的動作讓她吃驚的跳開了，就連她懷裡的黑貓也被弄醒了，牠睜著綠眼睛惱怒的盯著安娜。在牠張開嘴巴咬諮商心理師乳頭前，諮商心理師已經在唱催眠曲，還慌忙的搖晃了牠很久，所以球球並沒發怒，牠享受的閉上了眼睛，很快就進入夢鄉，打起了鼾聲。當然，在臨睡前，球球還不忘記惡作劇般的放了一個臭屁。安娜都快被它熏倒了，諮商心理師卻表現得淡然若定，看來，這樣的槍林彈雨她見識多了。她可沒少被球球虐待。不過，她也一定沒少從球球身上得到樂趣。至少她在無聊時可以玩弄球球的雄性器官。

諮商心理師制止了安娜的提議：「寶貝，這可不行。妳知道，我們心理諮商室嚴格（閹割）極了，我們身為諮商心理師，必須要完整的記錄患者的所有故事，只有這樣，諮商心理師才有可能極其準確的捕捉到患者的真實需求。妳可能不清楚，這些需求潛藏在內心最深處，是冰山的最底部，如果不掌握所有的資訊，諮商心理師就甭想發現他們。妳要知道，任何疏忽或者遺漏都會帶來致命的後果。安娜，好乖乖，再想一想，然後告訴我妳最後的故事。」

「然後呢？」

「然後妳會得到妳想要的一切⋯⋯」

諮商心理師的口氣不容置疑，安娜躺在小床上，又想了好一會，才繼續講述自己的故事。

10

　　「是的，我在廣場上碰到一個怪人，非常奇怪，非常非常奇怪……那是在晚上，已經到了午夜，我沒有任何地方可以去。既不能回老家，也不能去男朋友那裡，員警們早就埋伏在這些地方，只等我回去就把我擒獲。我才沒那麼傻，畢竟畢業於名校，這一點頭腦我還是有的。我絕對不會自投羅網……但是到哪裡去好呢？哪裡才是我的容身之地啊？我一路走，一路思考這些問題。我痛苦極了，因為我毫無想法，而沒有想法是最危險的。我急得抓耳撓腮，恨不得用頭去撞牆。突然一句話闖入我腦海『最危險的地方就是最安全的地方』。為什麼這麼說呢？這是因為越是危險的地方，敵人越是想不到妳會去，他們往往低估妳的勇氣和膽量。可是，為什麼不去冒險呢？我已經一無所有了，再失去了勇氣，我就更無法活命……必須要勇於冒險。我可以逃避一切，卻不能逃避冒險。冒險成為我當下的唯一選擇……」

　　「於是妳就來到了廣場上？」

　　「對，正是這樣……」

　　「妳遇到一個怪人，對嗎？哎呀 ── 」沒等安娜回答，諮商心理師瘋狂的毆打懷裡的黑貓球球，球球一聲不吭，真像個做錯事的孩子。剛開始安娜以為諮商心理師抱球球時間太長，她厭倦了就拿球球出氣（她的情緒可真夠變化無常的），但後來安娜看到諮商心理師的一個乳頭（沒有被紅墨水染紅的那個）流淌著鮮血時，她對諮商心理師充滿了同情。看來，球球一定夢見逮住了老鼠，夢中他凶狠的嘶咬老鼠的頸部，沒想到牠咬到的卻是現實中諮商心理師的嬌媚黑乳頭。乳頭被球球咬穿了，鮮血流淌在諮商心理師雪白的胸脯上，鮮血把黑乳頭染成了紅乳頭（諮商心理師真該在被咬的乳頭上戴個乳環。真是不錯，她沒花一分錢就得到了乳孔。別人要想得到這樣的乳孔，

還需要去醫院雷射穿透，那可要花不少錢呢）……即使這樣，安娜也很清楚，球球咬得還不算太重，要是咬得重，牠非得一口咬掉整個乳頭不可！

　　諮商心理師邊瘋狂叫喊邊瘋狂揍著球球，她打累了就一腳踢飛球球。球球像球一樣飛向遠方，牠撞到牆上貴婦人的肖像，在親了一口貴婦人的嘴唇後，牠又慢慢順著牆壁落下來（不知道被打斷了多少根肋骨）。球球趴在地上，一動也不敢動。一開始安娜以為牠因為犯錯而羞愧，但很快聽到球球發出貓咪們睡覺時的鼾聲。牠一定是和別的貓咪玩樂（是性交嗎？）太久，所以才會這麼困乏。安娜想起辦公室的貓咪們 —— 黃貓、藍貓和牠們的十三個可愛的幼貓們 —— 不知道在她走後，牠們還在不在辦公室。安娜真想牠們每天都去鬧啊，那可真他媽的爽！安娜有點悲傷，甚至懷念起辦公室的日子……不過這念頭只是一掃而過，她應該遺忘這些事情，遺忘辦公室裡的安娜，遺忘辦公室主任，遺忘老處女同事，遺忘辦公室所有的故事……她必須這樣做！必須遺忘所有！只有這樣，安娜的心才會變得輕盈……

　　諮商心理師又叫喊了好一會，她盯著自己受傷的乳頭，滿眼含淚。安娜對她並不同情，甚至有點幸災樂禍。為了避免去安慰她，安娜繼續講述自己的故事。「是的，我在廣場上遇到一個怪人。」安娜打了個哈欠，全身困乏無力。

　　「什麼樣的怪人？」諮商心理師緊緊追問。她是個好諮商心理師，一工作起來，就暫時忘記了乳頭穿孔的疼痛。

　　「啊。」安娜又打了個哈欠，這一次眼淚都出來了。「她怎麼怪，我也說不好，但妳看到她的時候妳就明白她很怪。我不是說她穿得很怪，她穿得很普通，在一群人中妳絕對看不出她有什麼特殊之處。但當妳看到她的臉時，尤其妳看到她眼神時，妳就會明白她確實很怪。當然，她的臉上並沒有傷疤或者什麼可怕的胎記，不，不，她的臉蛋甚至可以稱算上漂亮，像個貴婦人。對，一個貴婦人……」

《安娜的心理諮詢》小說

「她和她長得像嗎?」諮商心理師指了指牆上的畫像,貴婦人還在那裡照鏡子呢。

「哦,好像不太像。不,我不能確定,讓我再仔細看看,嗯,她們身上穿的衣服不同,年紀也不相同,身分也不大一樣,可是她們在氣質上太像了,對,她們在氣質上真他媽的像,就像一個模子裡刻出來一樣⋯⋯對,我可以肯定,她們就是一個人,這個畫像就是廣場上的那個女人年輕時候的模樣,我對這一點確信不疑!⋯⋯妳眼力真不賴啊,要不是妳提醒,我還真想不到她們會是一個人。對不起,我腦袋有點暈,我沒看出來⋯⋯不過我承認,我第一眼看到牆壁上貴婦人畫像,就覺得眼熟極了,我就覺得自己肯定是見過她,但在哪裡見過她,什麼時候見過她,我卻一點也回憶不起來 ── 妳知道,這兩天我都懵了,腦筋反應很慢很慢,這毫不奇怪,我身上發生的事情太多了,就是鐵人也禁不住這樣三番兩次的折磨啊!」

安娜看到諮商心理師又開始撫摸穿孔的乳頭(她一定疼得不輕),為了吸引她的注意力,安娜馬上講起了精彩內容:「我們還是別說這麼廢話了,讓我們回到正題。對,我確定畫像上的貴婦人就是我昨晚在廣場上遇到的老婦人,請妳記下這一點。對,對,我十分 ── 不,十三分 ── 我十三分確信她們就是一個人,雖然她們的容貌並不太一致。我發誓就是這樣,昨晚我在廣場了遇見一個老婦人⋯⋯」

「她的容貌如何?漂亮嗎?妳可否做下描述?」諮商心理師的小手指頭捲起耳邊的一縷紅頭髮。人們在專注聽講時經常會做類似的小動作。她忘我的投入工作,全然忘記了乳頭的疼痛。

「哦,我描述不出她的容貌。妳知道我學的是國際政治學,我懂得權力、權謀、力量、國際交往準則、國際禮儀、國際戰爭和國際法,但對文學描繪和遣詞造句一竅不通 ── 我的文章中還經常出現錯別字⋯⋯我們還是來

談談廣場上的老婦人吧，我們經常離題……我說不出她的容貌，我只能告訴妳她很怪。對，就是這樣，她給人感覺很怪，我並不是說她的容貌有多出格或者舉止有多異常，不，她的容貌和舉止就像大街上的任何人一樣普通，但妳還是覺得她很奇怪……對，我想起來了，她的奇怪是因為她的眼神，對，她的眼神十分古怪，從她的眼神中妳能看出她的常人完全不同。她會盯著妳微笑，就彷彿妳是人間的天使，妳心地純潔，品德高尚，雖然在生活中飽受屈辱，滿腹辛酸，但妳很顯然值得她那麼關懷……妳望著她，真想撲到她懷裡哭泣……她年約六十歲，滿頭銀髮，就像可親的鄰居老奶奶，不，她不像鄰居老奶奶，她真像那個妳曾經失去過的好心老外婆 —— 妳外婆多愛妳啊，總是給妳留出各種美食，上街買菜時從不忘記給妳捎個小玩具，價錢並不昂貴，但重要的不是價錢多少，而是她永遠疼愛妳的那顆心；可是她命運多悲慘，她最後被一隻飢餓的母狼給吞噬了。妳恨透了母狼，恨透了一切吃人的野生動物，妳真恨不得做個獵人，一槍打死牠們……妳多麼懷念老外婆了，一直念念不忘，在夢中還總能見到她……

　　她這麼像妳的外婆，所以一下子就獲得了妳的信任……在她面前妳真願意哭個痛快，妳真願意把妳的一切祕密都告訴她，妳真願意放下心頭的沉重負擔，妳真願意跟在她身後永遠相隨不離棄，妳真願意一輩子為她做牛做馬毫無怨言……等到她望著妳微笑時，妳是多麼幸福啊，妳會禁不住心花怒放，妳會聽到仙樂飄飄，彷彿到了極樂世界，妳的心會獲得無限的歡喜 —— 妳彷彿看明白了世間的愛恨情仇，妳彷彿看透了世間冷暖，妳彷彿看穿了整個世界運行的祕密，妳彷彿看到了自己的鏡中臉孔 —— 妳會覺得此生再無所求，能待在她身邊就是妳的最大幸福……

　　當然，並不是誰都能發現這一點，或者說她並不願意給誰都顯露真身。我想，只有透過挑選，只有那些符合她條件和要求的人 —— 既跟她很有緣

法，又極其幸運——她才會向她們顯露真身；而這些人肯定負有使命，肩負著重大職責和艱巨任務，她顯露真身是為了幫助她們看清自己，只有了解了自己的心，她們才能清楚自己的職責和使命，才能完成她老人家交付的任務，才能實現她老人家的宏偉藍圖……天啊，我有多幸運啊，我榮幸的被蘭仙女奶奶挑選上……我有多幸福啊……我是世界上最幸福的人……」

安娜臉上現出幸福的笑容，過了那麼久，她還沉浸在遇見蘭仙女奶奶的幸福中。安娜閉了一下眼睛，這種幸福讓她想要睡去，再也不要醒來。她會在夢中重新邂逅蘭仙女奶奶。那該是一個多美的夢啊……沒有人願從這樣的夢中醒來……

「妳是說她叫蘭仙女？」諮商心理師快速的記著。她雖然手指頭發麻（一字不落的記下安娜的話，妳想，那工作量有多驚人啊），但不敢有絲毫的鬆懈。戰鬥馬上要結束，容不得她有任何的閃失，她完全不記得乳球穿了個孔。

「對，正是蘭仙女……我們，我們都親切的叫她『蘭仙女奶奶』。」安娜再也睜不開眼睛，彷彿瞌睡蟲鑽進她的腦袋裡。

「醒醒，妳醒醒！安娜，安娜，妳不能這樣睡著，妳不能這樣拋下我不管啊！……安娜，說妳的故事，把妳的故事說完啊！」諮商心理師狂暴的推著安娜的肩膀，用手狠狠的掐安娜的臉蛋，安娜的臉蛋都被掐青了，可是她還在昏睡中。諮商心理師捏住安娜的鼻子。安娜不能呼吸，她驚叫起來，猛睜開雙眼，彷彿剛從可怖的噩夢中醒來。在最後的緊要關頭，諮商心理師也顧不得自己的身分和淑女形象。她很清楚，自己必須要在戰鬥中獲勝，只有完整的記載患者的故事她才能解脫。這可是這裡的規則，任何諮商心理師都不能違背。

「講完？哈，講完真的會有獎賞嗎？妳在騙我，我知道妳在騙我。哈哈哈哈，妳們都在騙我！騙子，妳們都是騙子……」安娜又閉上了雙眼，她翻

了個身，嘴裡嘟囔著，就像在講夢話。安娜又打了個哈欠，眼看就要陷入熟睡中。要是這樣，諮商心理師可就完了，一切心血都白費了。

諮商心理師很恐懼，可是她那麼聰明，很快就想出了一個計謀。在安娜打著哈欠張著大嘴巴的時候，諮商心理師猛埋下頭，一把擒住安娜的雙唇。諮商心理師給安娜一個深吻，對，就是那種要死要活的法國式深吻。因為好幾天沒刷牙，安娜嘴裡的呼吸十分惡臭，就像爛掉的馬鈴薯味道。可諮商心理師忍受住了考驗，她繼續深吻著安娜。她很勇敢，舌頭在安娜口腔裡遊走，動作柔美和諧，就像潮汐一樣漲落，就像小美女蛇的柔軟腰肢，就像淫棍的武器一樣遊刃有餘。安娜終於在她的深吻中醒來，就像那個睡美人一樣睜開雙眼。這個睡美人還眨巴著雙眼，淚珠在眼眶裡旋轉，最終還是落下來了。被一個人吻醒（吻刑），她該有多幸福啊！安娜興奮極了，十分配合，沒有一絲睏倦。她們又吻了有十分鐘，直到她們都喘不過來氣才分開。諮商心理師大口的呼吸，剛才的接吻幾乎耗盡了她的精力，可是安娜那麼年輕，她又躺在床上，她並不覺得勞累。安娜俏皮的抓住諮商心理師的乳球玩樂起來，就像那個黑貓球球剛做的那樣。安娜驚叫一聲，她看到了被球球咬穿孔的乳頭，那裡的傷口正在慢慢癒合。安娜輕輕的撫摸了一下，可諮商心理師還是輕聲呻吟了一下。

「怎麼樣？疼嗎？告訴我疼嗎？」安娜傷心極了，彷彿那傷口就在自己身上。

「嗯。好多了。謝謝妳的關心，妳可真體貼……但我們的時間不多了，說吧，安娜，快點講妳最後的故事吧。」諮商心理師擁著安娜。安娜放下她的穿孔乳頭，雙手在她的肚子上遊走。

「我說完後，妳會滿足我的願望嗎？嘻嘻，真好玩。」安娜又撫摸著諮商心理師沒受傷的那個乳頭。球球要是看見了，一定嫉恨安娜替代了牠的位置。

「是的，是的。我說多少遍，妳才會相信，妳這個臭婊子！」諮商心理師淫蕩的抬起安娜的肥臉，送去不少迷人的香波飛吻。

安娜咯咯的笑了好久，不斷玩弄著諮商心理師的身軀。在她一再催促下，安娜才繼續講起自己的故事。

11

「雖然是晚上，廣場上依舊人山人海。氣溫太高了，已經超過攝氏四十度 —— 這可是人體所能承受的極限啊。因為長時間的高溫，都市能源已經耗盡，水斷了電也停了，人們無法打開空調和電扇，只好來到廣場上。這是全市最涼快的地方，人們都來這裡避暑。這裡因為四面通風，還是比家裡涼快多了。雖然大家腳碰腳，背靠背，身體挨著身體，但沒有人抱怨，更沒有人叫苦不迭。對生活懷抱一顆感恩的心，這可是最好的生存之道。記好我的金玉良言。妳在記錄嘛？嗯，是的，妳在記錄。妳可真敬業，真是鋼鐵女強人……好好好，我不扯太遠，我要是扯遠了，那可是三天三夜都說不完，可是大家的時間都很寶貴，我還是繼續講述吧。妳命令我繼續講下去，我就為妳繼續講下去 —— 妳能看出我很願意為妳做事，任何事情我都很願意……

蘭仙女奶奶帶著我衝進人群，我們像風一樣穿過去，我們給人群帶來陣陣涼意，人們禁不住拍手鼓掌歡呼叫好。大家待在那裡，彷彿就為了等待我們的到來。雖然是沾了蘭仙女的光，但我還是很高興人們歡迎我們。再也沒有比人們需要妳、離不開妳更好的感覺了，不是嗎？妳一定有過這樣的體驗，對不對？……」安娜又快要沉沉睡去。諮商心理師用安娜的雙手用力的捏了好幾下自己的屁股，安娜才興奮的重新醒來。

「寶貝，快講，妳講完了，我們就都解放了！」諮商心理師用肢體動作給安娜做著性交的暗示，安娜又咯咯的笑了很久，才繼續講起自己的故事。

　「人們對我們歡呼，蘭仙女奶奶也很高興。她趴在我耳朵邊對我說道，『小乖乖安娜，妳想看魔術嗎？』『魔術？蘭仙女奶奶，我當然喜歡看了。』『那好，我現在就給妳變魔術，妳看好了。』一聽到蘭仙女奶奶要給我變魔術，我不由的睜大眼睛，仔細的瞧著蘭仙女奶奶的雙手，我也想學會她的魔術呢……蘭仙女奶奶飛快的跑過人們身邊，她一邊搧著風，一邊快速的剝掉他們的衣服，連身裙，T恤，褲裙，吊帶裙，短袖，半截袖，短褲，胸罩、三角內褲、四角內褲、五角內褲、六角內褲、七角內褲等。蘭仙女奶奶跑得很快，凡是她經過的地方，人們都覺得涼爽無比。蘭仙女奶奶的雙手可真夠靈巧，她在不經意間就脫掉了人們的所有衣服。沒有衣服的捆綁，人們的身體獲得了解放，他們覺得更涼爽、更快樂、更自由了，因為太興奮太幸福，他們忘記檢查自己的身體……不過更有可能是人們假裝沒有看到……

　我看得一清二楚。原來蘭仙女奶奶是這樣工作的啊。於是，我也學著蘭仙女奶奶的方法，一邊給人們搧風帶去涼意，一邊給他們解除衣服。我很聰明，很快我就掌握了脫衣服技巧。而且，因為我是年輕人，我解衣服的動作也快極了，很快就幾乎趕上了蘭仙女奶奶 —— 我說的是『幾乎趕上』，雖然還有那麼一段差距……當然，解衣服時，並不是所有人都那麼馴服，我們也遇到了一些抵抗，他們雙手死命的拽著自己的胸罩或者內褲。一般遇到這種情況，我們就用力的給她（他）搧風，她們會因為涼爽的幸福忘記了抵抗，我們也就輕易的剝掉他們的衣服……

　什麼？我遇到的最固執的人？嗯，讓我想想……哦，我想起來了，就是那個大帥哥，人群中的最帥的那個男人，無論我如何起勁的搧風，如何用力的拽他的十角內褲（這是市場最新推出的一款男式內褲，有十個角，十分適合外商白領們工作時穿戴。它獲得了國家專利和科技發明一等獎）—— 我已經成功的剝除了他的白色短袖和白色短褲 —— 如何巧妙的分散他的注意力，可是他都死命的抓住自己的十角內褲不放手。我把吃奶的勁使出來都不

《安娜的心理諮詢》小說

行，真不知道是怎麼回事！……我氣極了，真想對著他的乳頭狠咬幾口，就像我現在咬妳的乳頭一樣！啊，妳疼了嗎？我看到妳皺著眉頭。哦，妳真的沒事嗎？妳喜歡我這樣做嗎？是嗎？這真太好了，我真喜歡輕輕咬著別人的乳頭，這種感覺太好了……好吧，我繼續講我的故事吧，不過我要一邊吸吮妳的乳頭一邊講我的故事。妳的乳頭棒極了！他媽的，我太喜歡了……我很清楚，帥哥是看不見我們的。蘭仙女奶奶給我吃了一顆仙草，這樣我就能在人群中隱身了……我急得滿頭大汗，不知如何解決這個問題，我沒有任何辦法，只好拚命的給他搧風，同時拚命拽他的十角內褲。但帥哥也拚命的護著自己的內褲，一點也不鬆手。我們勢均力敵，半斤八兩，打個平手，誰也無法征服誰……

「我急得抓耳撓腮，用盡各種辦法，還是毫無所獲。而且，因為天熱，我們的激烈爭奪引發很多汗水，我們身上的汗臭味真夠難聞的，比豬圈裡一百天沒洗澡的老母豬的味道還臭……如果不是蘭仙女奶奶最後幫助我，我真不知道如何對付這個帥哥。蘭仙女奶奶足智多謀，真不愧是老狐狸，薑還是老的辣……蘭仙女奶奶跑到我跟前，她給帥哥撓癢癢，先是輕輕的撓他的胸部，然後是他腹部，最後是他的腋下……帥哥哈哈大笑起來，他大笑了很久，因為大笑而渾身無力，他無力守護自己的十角內褲，我也就趁機剝除他的最後武裝……帥哥一下子赤身裸體的立在我們面前，他覺得涼爽刺激，他叫喊起來，他早就無暇顧忌自己是否光著身子……真沒想到，妳絕對想不到的，這麼漂亮的帥哥，他的雞雞竟然會這麼小，雖然早已成年，但他的雞雞竟然絲毫沒有發育，仍舊保持著剛出生男嬰的水準，就連三歲男童的雞雞都比他的大一倍呢。安娜明白了大帥哥為什麼狠命的拽他的十角內褲了，也明白了他為什麼要穿有這麼多角的內褲了（他想給人留下下體碩大的假相。十角內褲塞在褲子裡，那些多餘的角們鼓鼓囊囊的，很容易讓人誤以為那就是

他的性器官），那是他自卑心的最後一道防線……發現這一點，安娜忍不住狂笑起來；而且，出於報復，安娜臨走前還拉了拉帥哥的小雞雞。帥哥雖然感到爽快，但他還是明白有人看破了他的缺陷，他痛苦得無聲的哭起來。安娜的同情心上來了，她有點後悔自己的魯莽……但蘭仙女奶奶招呼安娜趕快行動，趕快去脫廣場人的衣服。她們必須要在天亮前，脫掉廣場上幾萬名群眾的衣服……這個工作量真夠大的……

　　她們的工作效率很高。還不到凌晨四點鐘，廣場上所有人，無論男女和老少，不論親朋和好友，不論老師和學生，不論倫理學家和犯罪學家，不論文學評論家和詩人，不論父親和女兒，不論母親和兒子，不論爺爺和十八歲的孫女，不論外婆和三十歲的孫子，不論十八歲的姐姐和二十歲的弟弟，不論二十三歲的妹妹和二十一歲的哥哥，不論嫂子和小叔子，不論姐夫和小姨子，不論外甥和舅舅，不論姑媽和侄女，不論色狼和性冷感病人，不論狼人和毛孩（全身長滿了毛髮，不脫他們的嚴嚴實實的衣服，真看不出來），不論豬人和驢人（驢人的生殖器可真夠大，是正常人生殖器的五倍），不論馬人和猴人（他們的屁股燒得通紅，還有一條長尾巴，不脫他們的衣服妳真看不出來），無論狐狸精和鬼精（脫掉她們的衣服，她們就沒有了影子，只能顯現出原形。所有的鬼精都沒有影子，而衣服可以給她們提供影子），不論鳥人和蛙人，不論僧侶和尼姑，不論大師和瑪格麗特，不論唐僧和蜘蛛精，不論孫悟空和白骨精，不論豬八戒和小龍女，不論鐵拐李和白牡丹，不論郭靖和小龍女，不論楊康和黃蓉，不論武松和潘金蓮，不論張飛和貂禪……不論海倫和水仙花少年，不論薛西弗斯斯和凱撒大帝，不論奧古斯丁和縱欲女郎，不論哈姆雷特和莎士比亞，不論包法利夫人和福樓拜，不論駝背人和雨果，不論于連和司湯達，不論少年維特和老年歌德，不論奧涅金和普希金，不論拉斯柯尼科夫和杜斯妥也夫斯基，不論 K 和卡夫卡，不論尤利西斯和喬

伊絲，不論戴洛維夫人和吳爾芙，不論斯萬和普魯斯特，不論……大家都光
著身子，所有人都光著身子，廣場上白花花的一片人，多麼廣闊的人肉海洋
啊……人們在涼風中體會著快意。大家都忘記去看四周，也幾乎沒有人感覺
到自己光著身子……事實上，雖然有人感覺到自己的衣服掉在地上，也能感
覺到周圍人白花花的身體，他們甚至聽到了我的笑聲（我因發現了猴人、驢
人、鬼精等的祕密而狂笑），但他們知道這些事情是不可能發生的，在理智
的世界中是絕對不會發生的。所以他們就以為自己看花了眼，或者腦袋出了
什麼問題，出現了幻視幻聽等可怕症狀……

　　如果真是那樣，他們一定瘋了。這太可怕了！無比可怕！超級可
怕！……那個城市頒布了許多嚴酷的律法：任何人只要發現陷入了瘋狂或者
瀕臨瘋狂，他都會被投放到監獄，和囚犯們終身監禁在一起！為了保護正常
人的安全，大批瘋子不經審判就被砍頭處死，或者被火刑燒死！所以廣場上
的人們假裝什麼都沒看到，既沒看到自己光裸的身體，也沒看到周圍人光裸
的身體。就像觀看穿著新裝的皇帝一樣，大家假裝什麼都沒看到。這個策略
最安全……

　　最近十年裡，這個城市不知道處死、燒死了多少瘋子，即使這樣，可還
是有更多的人不斷陷入瘋狂中。瘋狂成了一種時尚，人們競相追逐……飛蛾
追逐火焰，野狼追逐陷阱，白兔追逐撞頭巨樹，亞當追逐飛蛇，書生追逐
吸血鬼魅……沒有人說得清楚這是為什麼。也許這是個瘋狂的時代，瘋狂
是我們時代的主潮吧。沒有人能說得清楚……這些都是蘭仙女奶奶告訴我
的……」

12

　「好了，我的故事講完了。妳也該獻出妳的身子了吧？我的諮商心理師，妳可別光說不練啊……我怎麼這麼睏啊？我的眼睛都要睜不開了。」安娜努力想睜大雙眼，但她的眼睛就像是被縫住了似的。

　「好，最後問妳一個問題。安娜妳為什麼來這裡？」諮商心理師絲毫不敢鬆懈，她要站好最後一班的崗位，不留下一個漏洞。

　「蘭仙女奶奶要我來解放妳，我就來了。」安娜費力的掰開自己的眼睛。她想站起來，但太睏了，全身肌肉不聽她的控制。安娜用盡全身氣力站了起來，卻猛一踉蹌幾乎要摔倒。安娜想要投入諮商心理師的懷抱，可是李娜卻離她那麼遠。

　「真的是蘭仙女奶奶要妳來的？」李娜激動得手都顫抖起來，腿上的肌肉也跟著哆嗦。黑貓躲在角落裡瞧得清清楚楚，牠跳到桌子上，留神觀察起女主人的動作。

　「當然是真的。妳跑到哪裡了？妳不是答應要滿足我的願望嗎？妳這個壞女人，妳欺騙了我！」安娜雖然睜不開眼睛，但還是保留著最後的清醒，她大罵起諮商心理師來；「妳這個臭婊子、兩面三刀、蛇蠍心腸……」

　「好了好了，」李娜大吼起來，就連牆上的貴婦人畫像也飄蕩起來。「遊戲結束了，別再叫叫嚷嚷了，我可不是妳的奴僕。小心惹惱了，我可不客氣！」黑貓叫了一聲，討好的接近女主人，李娜卻不耐煩的一腳把黑貓踢到空中。黑貓在空中翻了幾個跟頭，最後落在肖像畫中貴婦人的臉上，又滑落在地上。牠摔斷了十三根肋骨，也不敢發出任何聲音。在暴怒的女主人面前，牠懂得適時閉嘴。安娜也呆住了，她明白，諮商心理師踢貓不過是給她看。這個狠毒的女人。

《安娜的心理諮詢》小說

「好了，小乖乖，別再發呆了，妳也比我好不到哪去。認清現實吧，別在發愣幻想逃避了，而且，沒有人會來救妳……」李娜用手指頭戳著安娜的腦袋。她真開心，終於可以顯露本相。

「蘭仙女奶奶呢？」安娜委屈的小聲問道，眼淚在眼眶內打轉。

「別忘了是誰要妳來的？」李娜厲聲叫起來，她的聲音變得凶極了，她真像一頭凶狠的大灰狼。安娜明白這才是她的真面目，原來的善解人意都是假裝出來的。這個知心大姐姐終於不再演戲了 —— 她的演技可真高超，要是沒獲得今年的奧斯卡最佳女主角，安娜會為她可惜的。「正是她老人家操縱了這一切，她看我待在這裡可憐，就安排妳來給我換班。哈，小寶貝，妳就安心待在這裡吧。」

安娜抽抽泣泣的哭起來。但李娜卻等不及了：「別裝可憐相了，快點脫妳的衣服吧。噢，對了，妳還不明白吧？來，我告訴妳這個心理諮商室的第三個規則。妳可要聽好了，以後妳還要告訴妳的患者呢。」

安娜支起耳朵，認真的聽起諮商心理師的訓導，李娜滿意極了。「想不到妳還挺愛學習。嗯，不錯，有潛力，妳很聰明，相信妳會成為不錯的諮商心理師的，妳一定可以超過我……聽好了，我可只說一遍。瘋狂心理諮商室的第三規則（也是最重要的規則）：諮商心理師完整的記錄完患者的故事後，只要能穿著患者的衣服，她就可以離開心理諮商室獲得自由，而患者則自動成為瘋狂心理諮商室的諮商心理師……安娜，祝賀妳啊，妳就要成為諮商心理師了，瘋狂諮商心理師的第十三任諮商心理師！這可是個偉大稱號啊，不是誰想擁有就擁有的，必須經過蘭仙女老奶奶的認真篩選啊……啊，妳可別打歪主意啊，沒有人能逃走，沒有人能逃出瘋狂心理諮商室，除非她找到了一個患者做她的替代品。安娜諮商心理師，妳是逃不脫的，聽我的沒錯！小乖乖，我真可憐，瞧妳眼淚都要流出來了，我以前也像妳那樣哭紅鼻子，可

是這根本不能解決任何問題。安娜小妹妹，還是趕快擦乾妳的眼淚 —— 眼淚要是能解決任何問題，人們就不會去買後悔藥了！妳應該很清楚，人不能違抗自己的命運，妳還是乖乖就範吧！」

李娜大叫一聲撲向安娜，她緊緊扯起安娜的連身裙。安娜緊緊的保護自己的（也許很快就變成別人的了）粉紅色連身裙。她們拉扯了很久，但因為力量都差不多，半天都不分勝負。安娜想起之前和另一個安娜的戰鬥。此刻的戰鬥和那時候的戰鬥很相似，她們都彼此了解，彼此的能量也都差不多。安娜想起之前自己勝利了，卻不知道這次自己還能不能獲勝。她還能像上一次那麼幸運嗎？……

李娜記起剛才安娜講述的故事，她大叫一聲：「辦公室裡的安娜，妳還不快鬆手。」安娜沒料到諮商心理師會這樣叫喊，她思考了一下，才明白諮商心理師是在叫自己，而更可能的是，這是諮商心理師使用的一個詭計。安娜想到這裡，不想鬆手，卻已經來不及了。狡猾的諮商心理師趁安娜分神時，又開始撓起安娜的癢癢，她在安娜的脖子上、胸上、屁股上撓個不停，那可都是安娜的敏感地帶啊。一會兒，安娜就笑得失去了力量。安娜猛然想起諮商心理師使用的方法，正是昨晚她脫掉帥哥內褲時的方法。看來，這個狡猾的女人從安娜的故事裡學到太多的東西，既學會了安娜打敗騷陰道安娜的辦法，也學會了安娜脫掉帥哥內褲的辦法。安娜在自己講述的故事中洩漏了祕密，並最終導致了自己的慘敗。安娜又悲憤又難過，恨不得先宰了諮商心理師，再殺了自己，如果她有力量的話。但安娜沒有了任何力量，成了任人宰割的羔羊……

李娜順利的剝掉了安娜的粉紅色連身裙、米黃色內褲和黑色胸罩，當然，還有那雙像劍一樣的紅色小靴子。最後，諮商心理師還調戲的拽了拽安娜的乳房。安娜又想起昨晚她拽帥哥小雞雞時帥哥無聲的流淚，他們的命運

何其像啊！安娜的眼淚也無聲的流下來……

　　李娜脫掉自己的丁字內褲，高興的扔在安娜臉上。內褲還帶著她的體香和溫熱，安娜飽受屈辱，但她咬緊牙關，她需要臥薪嘗膽，積蓄能量，才有可能翻身獲得解放。

　　李娜試了下安娜的紅色小皮靴。小皮靴太小，李娜的大腳根本穿不進去，她努力了好半天，各種辦法都用盡可還是不行。安娜在一旁看得高興，她煽風點火的說道：「蘭仙女奶奶可說了，妳要是穿不上我的鞋，妳就走不了！」

　　李娜瞪了安娜一眼：「我會穿上它離開的！」她又試了半個小時，外甥打燈籠 —— 照舊（舅）穿不上。（外甥打燈籠，照見舅舅赤身裸體沒穿衣服雞雞短小，但他不能恥笑他，因為他一樣赤身裸體沒穿衣服雞雞比舅舅的更加短小。）安娜躺在小床上，哈哈大笑。在暴怒中，李娜拉開抽屜，拿出一把剪刀，還沒等安娜叫出聲，李娜已經剪起來。她剪的不是腳趾甲，而是整個腳趾頭……

　　整整十個腳趾頭，帶著血跡，在地上滾來滾去。球球跑過去，嗚咽的吞嚼起來。諮商心理師正忙著穿鞋，對球球無暇顧及。安娜大叫一聲，幾乎要昏過去，胃裡有東西湧出來，但她渾身無法動彈。為了不出醜，安娜又嚥下了胃裡湧出的東西……不一會，球球就吞下十根腳趾頭，還把地上的血跡舔得一乾二淨。球球一步步走近安娜，安娜恐懼極了，她害怕球球會像吞嚥腳趾頭那樣吞掉她，禽獸可是什麼事情都做得出來的啊……

　　球球慢慢走近，安娜驚懼的叫起來。李娜只是抬頭看了她一下，就繼續費力的穿著安娜的紅色小皮靴。安娜閉上了眼睛，以為就要這樣離開人間 —— 這樣也好，她早就受夠了，正如某個哲人說的那樣：早死早脫身……她等了半天，球球卻沒有絲毫的行動。安娜睜開眼睛，發現球球正靠在她

的胸脯打著哈欠 —— 牠吃飽了就會想睡。很快，球球枕著安娜裸露的乳房睡起來。牠打著呼嚕，還在睡夢中放了一個轟天絕後前不見古貓後不見新貓的超級大臭屁。臭屁正對準安娜的鼻子。安娜的身子不能動彈，只能完整的接受球球饋贈給她的第一個禮物。很多諮商心理師一定也接受過球球的這樣禮物。

　　李娜終於套上了安娜的紅色小皮靴。儘管鞋有點大（李娜把整個腳趾頭剪掉後，小皮靴就顯得太大了），諮商心理師走起來搖搖晃晃，但她還是很開心。雖然失去了十根腳趾頭，但她畢竟重新獲得自由。這樣的交易太他媽的划算了，她等待這麼久，終於夢想成真，李娜禁不住長吐了一口氣⋯⋯安娜快要昏睡過去。李娜嘆口氣，想起自己曾經的遭遇，她對安娜無限同情。

　　「記住，安娜，為了確保最後的勝利，妳可以使用任何手段，只要不違反本諮商心理師的三個規則就好。知道妳為什麼昏睡嗎？妳喝了三杯含有安眠藥的冷開水。懂了吧？不要指責我，以後處在我的位置上，妳只會做得比我更過度。安娜，妳會是個出色的諮商心理師，我看出妳的潛力，蘭仙女奶奶也看出來了，大家都看出來了⋯⋯不要怪罪我，我也沒有任何辦法，沒有妳這個代罪羔羊就沒有我的解放。努力尋找妳的代罪羔羊和替代品吧⋯⋯放心吧，妳根本沒有生命危險，一個小時後妳就會醒來。到那時候妳就是諮商心理師了。祝賀妳，安娜諮商心理師，第十三任諮商心理師！」

　　安娜透過迷糊的雙眼，模模糊糊的看著李娜穿著自己的粉紅色連身裙，還有那雙像劍一般的紅色小皮靴 —— 安娜失去了親愛外婆留下的禮物，那可是外婆用生命換來的啊！⋯⋯李娜用髮夾別住了自己火紅色頭髮。安娜重新在李娜的頭上看到了那隻藍蝴蝶，它凶狠而惡毒的瞪著安娜⋯⋯

　　李娜慢慢走近安娜，她頭上的藍蝴蝶也跟著晃動。半夢半醒間，安娜真害怕藍蝴蝶會張嘴噴出毒液和火焰。第一次出現時，藍蝴蝶放過了安娜，可

誰知道這次會怎麼樣？好事不會兩次降臨到她頭上；而且，對於古怪的李娜，安娜更不知道她會做出什麼出格的事情⋯⋯但安娜很快不再害怕，再大的壞事也不會比她目前的狀況更糟糕⋯⋯李娜抱起睡著的球球，給牠一個最深情的甜吻，李娜還說了句「再見了，小寶貝！」，可是她頭上比利劍還鋒利的藍蝴蝶翅膀狠狠的扎了球球，球球頭上很快就流出了鮮血。球球恐懼的盯著李娜和她的藍蝴蝶，牠竟然在害怕中忘記了逃跑。李娜拍了拍黑貓的腦袋，小聲的又說了一句什麼。安娜陷入迷糊中，竟然沒有聽到。李娜抓住黑貓塞進安娜的懷裡。黑貓靈敏的噙住了安娜的乳頭。李娜和她頭上的藍蝴蝶轉身離去。安娜完全聽不到李娜的腳步聲，她最後看到的是李娜逐漸消失的身影，可藍蝴蝶卻在李娜的頭頂翩翩起舞⋯⋯

安娜閉上了眼睛⋯⋯

摟著黑貓球球，安娜很快進入了夢鄉⋯⋯漫長的心理諮商終於結束。身為患者的安娜睡去，身為諮商心理師的安娜即將醒來。安娜什麼都不想⋯⋯

這一刻，安娜只想在夢鄉中翱翔⋯⋯

13

正如李娜所言，一小時後，安娜醒了。黑貓球球躺在她胸前，嘴裡還噙著安娜的乳頭呢。安娜潔白的左乳房上盛開著幾朵淡紅的桃花。（安娜想起了她以前看過的一齣名叫《桃花扇》的崑曲。）想了好一會，安娜才明白那是球球頭頂傷口染上去的，這一切都拜李娜的藍蝴蝶所賜。

安娜推開黑貓球球，安娜記起李娜的忠告。安娜敏捷的穿上諮商心理師的衣服，先是丁字內褲，之後是短小的紅毛衣，然後是藍色仔褲，黑色西裝，最後是那件白色的工作服。當然，安娜也沒忘記戴上那副金框眼鏡。

安娜坐在工作桌前，她成了諮商心理師。當然，安娜諮商心理師沒忘記把胸卡上的名字「李娜」揉碎撕掉，把自己的名字「安娜」貼了上去。安娜諮商心理師是個有規矩的人，她會出色的完成別人交給她的各項任務。

安娜諮商心理師決定要做最好的諮商心理師 —— 從小到大，不論什麼事，安娜諮商心理師總喜歡超過別人。安娜諮商心理師拿起桌上的病人病歷表，前任諮商心理師們在上面詳細的記錄了患者自述和診斷結論。安娜諮商心理師在病人目錄中看到了患者們的名字，有「金娜」，有「洪娜」，還有「丁娜」、「姜娜」、「文娜」、「蔣娜」、「仇娜」等。安娜諮商心理師還看到了自己的名字，也看到了「李娜」的名字。

沒猶豫一下，安娜諮商心理師就翻開「李娜」的病歷紀錄，認真研讀起來。

（完）

《安娜的心理諮詢》戲劇劇本全本

《安娜的心理諮詢》戲劇劇本全本

「安娜，有時候我感覺妳就是我，我就是妳，我們是切成兩半的蘋果，被撕開的連體嬰兒……」

《安娜的心理諮詢》戲劇劇本全本

主要人物：

安娜：女，患者。

李娜：女，諮商心理師。

孫娜：男，安娜的大學同學。

師三八：女，四十歲，安娜的同事。

主任：男，五十歲，安娜的主任。

趙娜：男，三十歲，安娜的同事。

新安娜：女，二十歲，安娜的同事。

黑衣人：操控者。

紅衣人：另一個操控者。

四個人偶：甲、乙、丙、丁。

奶奶：女，安娜的奶奶。

爸爸：男，四十多歲，安娜的爸爸。

媽媽：女，四十多歲，安娜的媽媽。

安娜娜：女，安娜的妹妹。

序幕

【甲站在臺前，說出下面的臺詞。甲手裡拿著鞭子，脖子上掛這一把哨子。】

親愛的朋友們，歡迎大家來到醫院觀看我們的演出。為了營造一個糟糕的演出環境，請把您的手機調整到鈴聲狀態。（吹哨子，哨子發出怪鳥的叫聲）如您所聞，這並不是一個現實主義戲劇，而是帶有某種古怪風格的探索戲劇。（甩鞭子）我們的院長瓦特博士是名狂熱的戲劇愛好者，他最喜歡用戲劇來治療疾病，謳歌真理，宣揚人生。朋友們，歡迎來我們醫院就醫，不管您患上什麼病症，我們的瓦特博士肯定會讓您康復。如果沒有在座諸位的關愛和支持，我們的醫院也不會走到今天。為了向朋友們表示感謝，為了慶祝醫院成立三十週年，瓦特先生特意排演了這部戲劇，希望能在平淡的夜晚給大家增添幾分歡愉。需要說明的是，參與表演的演員們都是病人出身，他們沒有任何的戲劇培訓，但他們表現出來的戲劇熱情一定會讓您動容。還有，劇中的故事是某位病人的親身經歷。出於隱私需要，我在這裡不能提她的名字。但大家肯定能猜出她是誰。經過治療，這位病人已經康復，重新走向工作崗位，還成為社會菁英。而且，今晚她就坐在我們中間，和我們一起觀看這臺精彩的演出。也許她已經忘記自己的故事，但這有什麼關係呢？忘記是最好的記憶……

【甲吹哨子。幕啟。】

第一場

【心理諮商室。房間中的牆壁五顏六色，古怪又有一種奇異的美感。牆壁上，一小塊一小塊的表皮翹起。舞臺右手是心理諮商室的金屬門，門冰冷又堅硬。舞臺右側有個小舞臺，上面有根繩子、單槓和一個小孩騎的小木馬，或者其

他能暗示兒童遊戲的道具。演員拽著繩子,可以從舞臺右側穿過左側。如果這一點實施起來困難,可以不考慮。

【房間中央擺著一桌二椅,一張椅子屬於諮商心理師,一張椅子屬於患者。兩張椅子完全不同。牆壁的右手有鋼管林立。鋼管亮錚錚,冷冰冰,它和諮商心理師的椅子、桌子共同構成了一個金屬的機械裝置,看起來就像個怪異凶猛的鐵獸。桌子上堆滿了各種雜物:金框眼鏡、患者病歷表、墨水瓶、小鏡子、各種顏色的水彩筆,一個紅色的假髮,一個寫著『李娜』兩個字的胸卡。桌上還放著熱水壺、紅葡萄酒瓶和玻璃杯。桌子旁放著一個衣架,上面掛著諮商心理師的醫師袍,一隻怪異的金屬鳥立在衣架頂端,它的尖嘴似一把利劍。】

【正對著觀眾席的牆壁上掛著一幅肖像畫,主人公是個照看鏡子的貴婦人,她正對著鏡子中的自己微笑,她有多重的臉孔。桌子旁邊有面大鏡子,劇中人物不斷照鏡子。桌子的左手擺著一張小床,白色的床單覆蓋在上面,患者躺在小床上就能接受諮商心理師的催眠、暗示和操控。小床像個棺材。心理諮商室的左側有個窗戶,黑色的鋼筋嚴密的裝飾著它,幾縷陽光透過空隙穿射進來,一株仙人鞭從窗戶的縫隙鑽進心理諮商室,仙人鞭上開著幾朵花,有的是三朵並蒂花,有的是兩朵並蒂花,有的花已經開敗,有的正在開放。花的顏色大小不一。】

【整個舞臺設計如果是非寫實主義,效果可能會更好。】

【開場時,李娜站在窗戶前,盯著窗戶外面看,表情呆滯,就像個人偶。幾聲鳥叫聲從窗戶外傳來。可能是黃鸝鳥的叫聲。這種鳥叫聲會不斷出現。我們暫且稱牠為黃鳥叫聲吧。(事實上任何鳥叫聲都可以,只要聲音悅耳就可。)李娜慢慢回頭,慢慢轉身盯著仙人鞭,他僵硬的走到仙人鞭面前,伸手拽了一朵花,放在鼻子上嗅了嗅,他皺著眉頭扇花的臭味。李娜把花扔在腳下,用力踩著,他絆倒了自己。金屬鳥叫,李娜掙扎著站起來,然後搖晃

著倒地。金屬鳥叫，李娜掙扎著站起來，搖晃著倒地。金屬鳥叫，李娜站起來，搖晃著沒有倒地。】

【甲手裡拿著鞭子，嘴裡噙著一把哨子，他吹一下，發出金屬怪鳥的叫聲，所有的金屬怪鳥聲都由甲來製造。所以他可以說是演出的總指揮。怪鳥聲音有長短高低之變化，視具體的情境情緒而有調整變化。一接到怪鳥哨聲，李娜就轉身來到桌子旁，用手摸了摸冰冷的金屬架，然後跪在金屬架旁，把頭貼在金屬架上，嘴裡念念有詞，似乎是在祈禱。甲吹哨子，李娜站起來，搖搖晃晃的取下衣架上的醫師袍披在身上，戴上桌上的紅色假髮。甲吹哨子，李娜坐在桌前，開始翻閱患者病歷表。整個過程都表情呆滯，動作僵硬。甲吹哨子，聲音冰冷而凶狠。一接到這個命令，李娜站了起來，慢慢的抬起頭，盯著觀眾席，帶著人偶特有的呆滯和僵硬。】

李娜：觀眾朋友們，很多年之後，我還記得很清楚，十分鐘後要發生的這個故事。（突然身子發軟，身子前傾倒下，頭抵在桌子上。停頓。甲吹哨子，李娜站起來，呆滯的盯著觀眾席）這個故事是真的，就像我是人一樣真實可信。（突然身子發軟，身子前傾倒下。甲吹哨子。李娜站起來）我還是演員，人偶演員，這一點也毫不摻假。（搖晃著身子）另外，想必妳們也很清楚，我還是個著名的心理諮商師，患者幾乎把心理諮商室的門檻給踏破……

【李娜搖晃著身子前傾倒下，頭抵在桌子上，假髮變歪。乙出現在舞臺上，脖子上掛著一把哨子，手裡拿著一把鞭子，鞭子比甲的短許多。乙吹下哨子，發出黃鳥的叫聲，所有的黃鳥叫聲也都由她的哨子發出。黃鳥的聲音也有長短高低之變化，視具體的情緒而有調整和變化。李娜站起來，呆滯和僵硬感變得更少，在說下面臺詞時，他逐漸變成了人，他取下眼鏡放在桌上，從諮商心理師的座位上走出來。】

李娜：說到患者，他們可真夠怪的，有的哭爹叫娘，有的殺人放火，有

的想要和村裡的老母豬去教堂結婚，有的想要飄在都市上空對市民們放箭，（搖晃著控制自己沒有倒下，乙吹哨子）有的想在公共廁所看人撒尿拉屎放屁，有的想要和天上的阿波羅和嫦娥做愛……可是我說的這些都是假的，沒一句真實。哈哈。事實上，沒有人來心理諮商室，瘋狂諮商心理師也徒有虛名。三年了，我一個人在這裡待了三年。再待下去我一定會瘋掉。哈，說不定我早已瘋掉了。瞧，我看到一個穿黑衣服的人。他每天都帶著一幫人來胡鬧。喂，妳是人嗎？

　　甲：妳知道的。

　　李娜：哈，這麼說，我還沒出現幻覺。

　　甲：誰知道。

　　李娜：真奇怪。

　　甲：怎麼了？

　　李娜：我感覺自己就像個瘋子……

　　甲：難道妳不是嗎？

【甲乙哈哈大笑。乙走到甲旁，比較兩條鞭子的長短，她羨慕的摸著甲的長鞭子。】

　　李娜：這沒什麼。瘋狂是我們這個時代的主流，如果一個人身上沒有一丁點的瘋狂，那真有點不正常。對，不正常了，太不正常了……

【李娜忘記臺詞了，他抓耳撓腮，尷尬的看著甲。甲聲音冰冷的幫他提醒臺詞。】

　　甲：我們可以說。（吹哨子）

　　李娜：對，對，我們可以說，沒有瘋狂，人就不健全，他要麼被人閹割，要麼被人縫合。他要麼被人洗腦，要麼被人灌腸。瘋狂不是疾病，而是一種時尚，一種潮流。人們競相追逐，就像飛蛾追逐火焰，野狼追逐陷阱，白兔

追逐撞頭巨樹，亞當追逐飛蛇，書生追逐吸血鬼魅一樣……沒有人說得清楚這是為什麼。哈，親愛的朋友們，這是個瘋狂的時代，讓我們一起慶祝瘋狂吧！

【李娜吹口哨，沒有人出現。】

　　甲乙：哈哈……

　　李娜：讓我們一起慶祝瘋狂吧！

【李娜又吹口哨，沒有人出現。】

　　甲乙：哈哈哈哈……

【李娜陷入呆滯中。乙吹哨子，一群瘋子衝上舞臺。乙帶著他們跳瘋子舞。甲甩鞭子，乙和瘋子們停下動作。】

　　甲：停下，全停下。

　　乙：怎麼了？

【甲甩乙一鞭子，乙倒地。】

　　甲：妳要麼不清楚誰是這裡的老大，要麼就是想搶班奪權！

　　乙：老大，我哪敢啊！

　　甲：哼，妳的花花腸子我還不知道嗎？

【甲掏出小刀。乙跪在地上。】

　　乙：老大，我再也不敢了！

【甲割掉乙的鼻子，乙慘叫。】

　　甲：不給妳個教訓，妳就不知道我的厲害！

　　乙：是……我的鼻子……

　　李娜：哈哈……

《安娜的心理諮詢》戲劇劇本全本

【李娜又陷入呆滯中。】

　　甲：回去，重新開始！

【瘋子們退回去。甲吹哨子，李娜毫無反映。甲又吹哨子，然後踢李娜。】

　　甲：（小聲）說妳的臺詞，說啊！

　　李娜：（呆滯的）讓我們一起慶祝瘋狂吧！

【甲指了下乙。】

　　乙：哈哈哈哈……

【甲吹哨子。一群瘋子呼嘯著從觀眾席上湧上舞臺。】

　　甲：MUSIC!

【音樂響起。在甲的操控下，他們跳瘋子舞。李娜被他們情緒感染，亢奮的表演。】

　　甲：今天妳瘋狂了嗎？

　　乙：人人生而瘋狂，卻無往不在枷鎖中！

　　丙：瘋狂無極限，一切皆有可能！

　　丁：瘋狂還是理智，這是個問題。

　　眾人：瘋狂，我要瘋狂！

　　李娜：親愛的太監先生，您來點什麼？

　　丙：請給我來三斤瘋狂，二斤瘋癲。

　　李娜：好的，這是您要的瘋狂，拿好啦。

　　丁：請給我來一斤癲狂。

　　李娜：小丑太太，對不起，瘋狂賣完了。

　　甲：瘋狂很暢銷，已經斷貨十天！

　　乙：啊，我都一個月沒買到癲狂了！（哭）

【甲吹哨子，乙吹哨子。瘋子們神情激動。】

　　李娜：沒了癲狂，我手腳顫抖！

　　乙：沒了癲狂，我四肢冰冷！

　　丙：沒了癲狂，我打哈欠流眼淚！

　　丁：沒了癲狂，我腿抽筋還放屁！

　　甲：沒了癲狂，我心臟停止跳動！

【甲倒地，眾人跟著倒地。甲吹哨子，他們跪地禱告。】

　　眾人：沒了癲狂，我心臟停止跳動！

　　甲：天上的神啊！

　　乙：地下的鬼啊！

　　丙：人間的菩薩啊！

　　丁：西方的神靈啊！

　　甲：求求妳們賜給我們癲狂吧！

　　眾人：求求妳們賜給我們癲狂吧！

　　甲：放心吧，政府已經聽到人民的呼聲！

【甲站起來，眾人也跟著站起來。李娜走到右手的大門前，摸大門上的機關。】

　　李娜：啊──

　　甲：政府撥款籌建三個工廠……

　　乙：工人們加班，二十四小時不休息……

　　丙：開足馬力全力生產癲狂！

　　丁：這下我們得救了！

　　李娜：啊──

　　眾人：我們得救了！

甲：明天大家就能買到瘋狂，物美價廉，一公斤才十塊錢！

眾人：（歡呼）烏拉！烏拉！

【他們扭起了秧歌。李娜捶門。】

李娜：放我出去──

甲：仁慈的政府！

乙：人民的爹娘！

丙：效率高超！

丁：運轉高效！

李娜：放我出去──

【李娜捶大門。甲指揮著，眾人把李娜從門旁拉走。】

眾人：感謝政府，人民的政府！

甲：明天來買瘋狂的人會很多。

乙：五點鐘我起床就晚了。

李娜：有人嗎？有人聽到我呼救嗎？

【李娜掙脫，再次來到大門前捶門。】

丙：公雞第一聲鳴叫前，我就去叫妳！

丁：瘋狂明天見。

李娜：放我出去──

眾人：瘋狂啊天天見！

【甲指揮著，眾人把李娜從門旁拉走。】

李娜：放我出去吧。

甲：妳知道這不符合規定。

李娜：我被關了三年……

甲：三年不算長……

乙：一眨眼就過去了。

李娜：一千多個日日夜夜……

甲：這是個不錯的避風港。妳犯了罪，躲在這裡沒被抓走，真是萬幸……

李娜：這裡沒陽光，沒雨露，我甚至看不到一朵雲彩，連花香都聞不到。

乙：不是有仙人鞭的花嗎？

李娜：它聞起來臭極了。

甲：妳就知足吧。

李娜：它聞起來像屎。

甲：越說越不像話了。

【甲舉起鞭子，李娜跪在他面前。】

李娜：老人家，您就可憐可憐我吧，我家裡還有八十歲的老母親，她一直盼著我回去，眼睛都哭瞎……

甲：李娜，這是哪裡？

李娜：瘋狂心理諮商室。

甲：妳的身分是什麼？

李娜：瘋狂諮商心理師。

甲：這不就對了。

乙：心理諮商室需要一個諮商心理師，諮商心理師需要待在心理諮商室。

李娜：我不想在這裡……

甲：妳不下地獄，誰下地獄？

李娜：我要陽光，美酒，女人……

甲：嗯？

乙：越來越放肆了！

《安娜的心理諮詢》戲劇劇本全本

李娜：這裡沒朋友沒家人沒愛人，一個人，我總是一個人……

甲：我們誰又不是一個人？

李娜：再待下去我會死。真的，今晚我就會死去。（停頓）

甲：李娜，我也待過這裡……

乙：一個人確實不好過。

甲：可是妳要是走了，瘋狂心理諮商室就沒瘋狂諮商心理師了……

李娜：三年了，沒一個患者來過……

甲：萬一有患者來呢？

李娜：就讓他自己診斷自己！

甲：大膽！

乙：院長知道了，還不是要我們的腦袋？

李娜：這麼說我只能死在這裡？

乙：咳咳……

李娜：沒王法沒天理！

甲：整個世界就是這樣。

乙：妳以為呢。

李娜：要是惹惱了，我，我就一把火燒了心理諮商室！

甲：大膽！

乙：妳敢？

李娜：我有什麼不敢。左右不過是個死，與其憋死在這裡，還不如在火中焚燒自己……說不定我還能像鳳凰，在大火中獲得新生……

甲：妳想得美……

乙：真是個瘋子！

丙丁：哈，瘋子……

李娜：哈，我是瘋子，妳們也是瘋子，我們都是瘋子……

丙丁：我們都是瘋子，都是瘋子……

李娜：放我們出去！

丙丁：放我們出去！

【李娜和丙丁搖晃大門。甲吹哨子，甲乙用鞭子抽他們，丙丁倒地。李娜搖晃著沒有倒地。怪鳥叫】

甲：李娜啊，妳也不是不能出去……

李娜：啊，真的嗎？

乙：不過這要看妳自己。

李娜：嗯？

甲：院長今天告訴我……

李娜：院長？

甲：『李娜是個好員工，做牛做馬的做了三年，也該放他出去了。』

乙：『不過他要找到人』……

甲：『願意替他留在這裡』……

乙：『他就能重獲自由。』

李娜：真的？

甲：我什麼時候騙過妳。

李娜：哇，太好了，瘋子一言。

甲：駟馬難追！

李娜：也許，妳們願意待在這裡？

甲：妳真會說笑！

乙：去妳的吧。

李娜：（搖晃丙）丙妹妹，妳願意留在這裡嗎？

丙：不，我不願待在黑窯裡。

李娜：（搖晃丁）丁兄弟，妳願意留在心理諮商室嗎？

丁：妳知道，我剛從這裡逃出來。

李娜：（哭）沒有人願意……

【敲門聲。】

李娜：我要死在這裡了……

【敲門聲】

甲：等等，我好像聽到有人在敲門。

乙：我也聽到了。

李娜：真的嗎？

甲：噓——

【敲門聲。】

李娜：真的有人在敲門！

【眾人擁抱李娜。】

李娜：三年了，第一次有患者來拜訪……

甲：妳只要說服她留下來。

乙：妳就能重獲自由！

李娜：真的啊。

甲：我也盼著妳出去。

乙丙丁：我們也是。

李娜：我太高興了。

【李娜親吻甲。】

甲：噓——

【眾人聽，沒有敲門聲。】

　　李娜：他走了，他走了——

　　乙：他一定是聽到了什麼……

　　丙：太遺憾了。

　　丁：太失敗了……

　　李娜：我就知道我沒這樣的好命……

【李娜哭，敲門聲繼續。】

　　甲：噓——

【敲門聲繼續。】

　　李娜：他還在敲，還在敲——

【李娜興奮的在屋內走動著，他被喜悅沖昏了頭腦，不知道該做什麼。】

　　李娜：天啊天啊，一定是老天有眼，我一定要離開這裡……我等了整整三年，她終於來了，我解放的日子到了，我能回家看我瞎眼老母親了！

【乙丙丁擁抱李娜，彷彿他真的獲得了自由。敲門聲繼續。】

　　乙：可憐的李娜……

　　丙：我會想妳的……

　　丁：有空回來看看。

　　乙丙丁：（唱）常回醫院看看，回醫院看看，刷刷脖子洗洗臉……

【甲甩一鞭子。】

　　甲：省省吧，八字還沒一撇呢！來，給他穿衣服，快，快！

【甲指揮著，乙丙丁給李娜穿上醫師袍，戴上金框眼鏡，別上胸卡，戴好紅色假髮，又把怪鳥別在肩膀上。敲門聲繼續。】

《安娜的心理諮詢》戲劇劇本全本

李娜：我該怎麼辦？怎麼辦？

甲：用心表演！

李娜：萬一，萬一我搞砸了……

丙：放心吧，李娜！

乙：我們永遠和妳在一起！

李娜：幫幫我 ——

甲：必要的時候，我們會出現在妳們面前。

乙：在妳們面前演戲！

丙：要讓她以為自己出現幻覺！

丁：要讓她以為自己精神錯亂！

李娜：哈，要讓她以為自己瘋掉！

甲：只要她相信自己是個瘋子！

乙：她就會願意留在瘋狂心理諮商室！

丙：瘋子總願意留在瘋狂心理諮商室！

丁：這是他們的家……

甲：瘋前伊甸園……

乙：最後一片淨土！

丙：西天極樂世界！

丁：人間天堂！

眾人：哈哈哈……（敲門聲繼續）

李娜：等等，要是她早就瘋了呢？

乙：對啊，說不定她早就精神錯亂！

丙：沒錯，來我們瘋狂心理諮商室的人就沒正常的！

丁：哈，哈，不是瘋子不會來這裡！

甲：那就更好！孩子們，我們用力在她面前跳舞唱歌演戲！

乙：我們讓她瘋上加瘋，狂中加狂！

李娜：沒錯，就這樣做，就這樣做。

【敲門聲。】

甲：快躲起來，聽我的命令再出來！

乙：躲哪裡？

丙：藏哪裡？

甲：隨便！快點啊，豬玀！

【敲門聲繼續。丙丁躲藏著下。】

乙：好戲即將上演！（下）

李娜：老人家，我害怕……

甲：李娜，沉住氣！

李娜：我該怎麼辦？（哭）

甲：聽她的故事，然後從故事中找到打敗她的辦法……

李娜：我做不到，做不到……

甲：想想妳媽，妳的瞎眼媽，她一直在老家等妳……

【甲下。】

李娜：他們都走了，就好像他們沒有來過。喂，妳們在哪裡？喂 ——，喂 —— 他們在嗎？

……真可怕，一定又是我的幻覺……我一個人待久了，頭腦就變得不清楚。他們一定不是真的。（敲門聲）就連這敲門聲也不是真的，這只不過是演出中的一個音效，甚至就連我自己也不存在，我只是以為自己活著罷了。我是別人做出來的人偶，戲演完了，我的生命也就結束。這個演出只是他們做的一

個夢，我是夢中的角色。夢醒了，我也就完了。哈，多可笑，生命多可笑，演出多可笑，看戲多可笑。如果一切都假的，那什麼是真？……（敲門聲）

　　甲：（黑暗中）想想妳媽，妳的瞎眼媽……

　　李娜：不錯，為了我媽，我就一定要出去！可就連我媽也許都是假的……可是不管這些了，我只想離開這裡。不管這是夢、故事、演出或真實的世界，我都要出去。不管妳是狂人還是瘋子，我都要聽到妳所有的故事，然後找出妳的軟肋，讓妳心甘情願的留下來……

【甲吹哨子，李娜慌張的坐在桌子前，翻看著患者的病歷表。敲門聲繼續。李娜照桌子上的鏡子。】

　　李娜：請進！

【對著桌子上的小鏡子，李娜慌忙把頭上的假髮扶正。】

第二場

【乙敲了一聲鑼，戲開演的表示。聽到鑼聲，李娜一下子獲得了信心和力量。安娜耷拉著頭，推門進來。安娜頭低著，滿頭黑髮遮蓋著她的臉孔。她穿著一雙小皮靴，皮靴頭尖得像利劍，一件連身裙。她像鬼魅一樣進來，臉上表情呆滯，動作僵硬，就像個人偶。甲吹哨子，安娜抬起頭，黑色的頭髮仍舊遮蓋著她的臉孔。停頓。甲吹哨子。】

　　安娜：也許。（停頓）

　　李娜：什麼？

　　安娜：這是……

　　李娜：瘋狂心理諮商室。

　　安娜：新的開始。

【安娜盯著李娜看。】

李娜：請坐。

安娜：我五點鐘就起床……

李娜：挺早的嘛。

安娜：他們說五點鐘就晚了。

李娜：不晚，不晚……

安娜：他們說五點鐘就掛不上號，排隊的人多，多……

李娜：心理諮商室的大門隨時為妳敞開……

安娜：他們讓我來……

李娜：只為妳一人敞開。

安娜：他們讓我來，讓我來……

李娜：讓妳來做什麼？

安娜：讓我找，找……

李娜：找誰？

安娜：李娜……

李娜：我就是李娜。

安娜：妳就是……

李娜：我就是。

安娜：好，太好了……

李娜：請坐。

安娜：謝謝……

李娜：您請坐。

安娜：謝謝您。

李娜：坐啊。

《安娜的心理諮詢》戲劇劇本全本

【李娜把安娜按在患者椅子上。】

　　安娜：謝謝！

【安娜從椅子上站起來。】

　　李娜：您為什麼不坐下？

　　安娜：我坐下了。

　　李娜：好的。請站起來。

　　安娜：是！

【安娜坐在患者椅子上。乙吹哨子。安娜的身子逐漸具有活力。】

　　李娜：我看出來了，您有獨特的個性，喜歡與眾不同。

　　安娜：是這樣……

【安娜轉動椅子。】

　　李娜：真有意思。

【安娜繼續轉動椅子，她蜷曲著腿，身子隨著椅子轉動。】

　　李娜：嗯，這是專門為患者設計的椅子，坐在上面舒服極了。可您卻寧願站著，對不對？

　　安娜：就是這樣。

【乙吹哨子，安娜往後甩動頭髮，她的臉第一次出現在觀眾面前。她又轉動椅子。安娜打量著李娜和心理諮商室。】

　　李娜：天啊──

【安娜盯著李娜。】

　　李娜：嘖嘖，瞧妳的小臉蛋，瞧妳的大眼睛……

　　安娜：他在說什麼？

李娜：瞧。眉毛是眉毛，鼻子是鼻子。

安娜：他在說什麼？

李娜：天啊，妳是我見過的最漂亮的患者。

安娜：這隻毒蜘蛛在說什麼？

李娜：妳真是個美人。

【李娜抓住安娜的手，安娜突然咬過去，李娜尖叫一聲，慌忙把手拿走。】

李娜：啊 ——

安娜：哈哈哈哈⋯⋯

【安娜不可遏制的大笑。甲吹哨子，安娜頭耷拉著，頭髮重新蓋著臉孔。乙吹哨子，安娜抬起頭，頭髮依舊遮蓋住臉孔。安娜照鏡子。】

李娜：我注意到妳很幽默，喜歡開玩笑⋯⋯

安娜：太奇怪了。（離開椅子）

李娜：什麼？

安娜：一切都很奇怪。

李娜：這是個奇怪的世界。

安娜：如果我大聲呼喊，可有誰聽見？

李娜：我能聽見。

安娜：他們說我病得不輕⋯⋯

李娜：整個世界都染上絕症。

【安娜甩開自己的頭髮，臉孔第二次亮在觀眾面前。甲和乙吹哨子。安娜和李娜照鏡子。】

安娜：他們要把我關進小黑屋，他們要給我戴上牲口的面具，他們要給我注射藥物⋯⋯

李娜：他們給我電擊，他們給我做手術，他們割掉了我的大腦額葉……

安娜：所以妳是……

李娜：瘋子！

安娜：哈，瘋子！

李娜：我們都是瘋子！

安娜：所有的患者都是瘋子！

李娜：所有的諮商心理師都是瘋子！

安娜：哈，他們把假當真！

李娜：他們把真當假！

【他們抱在一起。】

李娜：哈哈，我們同病相憐！

安娜：哈哈，我們症狀一致！

李娜：我們苦衷相同！

安娜：我們歡喜一致。（甲吹哨子）去，去！

李娜：妳怎麼了？

安娜：沒什麼。（推開李娜）

李娜：妳怎麼了？

安娜：去，去，別說話！

【安娜狠狠的掐自己的大腿。】

安娜：母猴子在發情，母螳螂吞下公螳螂的頭顱，亞馬遜毒蜘蛛產下三百顆卵……有一個聲音說，去，離開我，離開我！

【乙吹哨子。停頓。安娜擺脫了人偶狀態，變得很有活力。】

李娜：妳怎麼了？不舒服嗎？

安娜：我好極了。

李娜：我希望妳不要緊張。這裡很自由，妳完全可以把這裡當成……

安娜：當成？

李娜：當成妳的家。

安娜：妳的家？

李娜：妳的家。

安娜：妳的家。

李娜：不，妳的家。

安娜：嗯，妳的家。

【李娜氣呼呼的坐到桌子前。】

　　李娜：（突然大笑）咯咯咯咯……

【李娜突然止住大笑。安娜吃驚的盯著她看。】

　　李娜：好吧，我們現在開始心理諮商。（突然大笑）咯咯咯咯……（突然止住，停頓）

　　安娜：您，剛才……

　　李娜：什麼？

　　安娜：您剛才在笑嗎？

　　李娜：沒有啊。

　　安娜：我似乎聽到有人在笑。

　　李娜：嗯，有時候我們會出現幻聽現象，這很正常。

　　安娜：噢。

【李娜翻開患者病歷紀錄。】

　　李娜：妳叫什麼名字？

安娜：安娜。

李娜：噢，是安娜·克利斯蒂還是安娜·卡列尼娜？

安娜：就安娜。

李娜：別生氣，我只想逗妳開心。安娜是個好名字，我母親也喜歡這個名字，她給她的女兒也取名叫安娜。

安娜：是嗎？

李娜：我騙妳幹麼？

安娜：妳也叫安娜？

李娜：噢。不，那是我妹妹的名字，我叫李娜。

安娜：噢。

李娜：噢。安娜妹妹，別害怕，就當我是妳的哥哥吧。

【李娜離開桌子，走到安娜面前。】

安娜：噢，哥哥？

李娜：噢，妳知道，我在北京工作，十分思念老家的安娜妹妹！我有三年沒回家了，工作忙得根本走不開，每天都有幾十名患者來找我，出診的時間都安排好了，我甚至連相親的時間都沒有。妳看，我都三十好幾的人了，到現在還打光棍。每天夜裡十二點回到冰冷的家，連個暖被窩的人都沒有……（哭）為這事，媽媽眼睛都哭瞎了……（摘掉眼鏡，擦了擦眼睛）在北京太難了……所以安娜妹妹，今天遇到妳，妳不知道我有多高興，這，這一定是老天的安排……

安娜：老天的安排。（安娜盯著鏡子看。）

李娜：噢，或者叫緣分。妳知道嗎，安娜？我的安娜妹妹也很漂亮，幾乎和妳一樣漂亮。妳們長得很像。

安娜：小時候媽媽總把我打扮成洋娃娃……

李娜：有一天我放學回到家，看到我的安娜妹妹，她就像洋娃娃一樣漂亮，我的心一陣顫抖：要是我能娶到安娜，我一定會很幸福……

安娜：會幸福死嗎？

李娜：嗯，也許。

安娜：也許？

李娜：不知道。

安娜：我看過一個新聞。（停頓。李娜陷入呆滯中。甲吹哨子，李娜醒過來。）

李娜：什麼？新聞？

安娜：辦公室主任和年輕的祕書裸死在轎車內。車內放著撕開的威而鋼包裝袋。轎車一直沒熄火，排出大量的一氧化碳。他們毫無察覺，在快感中窒息死去。

李娜：噢。

安娜：他們抱得很緊，一直保持插入姿勢，別人怎麼都分不開。沒辦法，大家只好抬著他們扔進火葬場……

李娜：說這些有什麼用，有什麼用……

安娜：也許妳喜歡這種幸福結局。

李娜：不，不……

安娜：我還以為妳喜歡呢。

李娜：好了好了，快說妳的故事吧。

【甲吹哨子了一聲。安娜陷入呆滯狀態。】

安娜：我能……

李娜：能。

安娜：……告訴妳一切嗎？

李娜：當然。我是妳的知心哥哥，我願意為妳做任何事。

【乙吹哨子。安娜具有人的活力。】

安娜：妳知道在北京一個人打拚有多難！我一個人背井離鄉來到陌生的都市，努力用自己的雙手去奮鬥，老天爺知道我有多勤奮，我認真讀書，努力考學，辛苦學習，參加比賽，贏取學校的各種榮譽，畢業後又是費盡千辛萬苦去找工作。妳知道嗎？我，我……

李娜：是啊，可憐的小妹妹……

安娜：我，我……（哭）

李娜：是啊，大家在北京都太不容易。

【李娜遞給安娜面紙，自己也取下眼鏡，擦著眼睛。】

安娜：從小到大，我都是周圍最優秀的，考試我從沒下過年級前兩名。考大學那年我以全省第二的成績考上了北京大學！

李娜：哇，北大的高材生！

安娜：可是妳根本不知道在北大競爭有多激烈！

李娜：那是那是！

安娜：想一想，能上北大的都是全國最優秀最聰明的學生。以前學習時，我用八分努力就能取得好成績，可在北大，即使付出十二分努力，我也不見得能取得好成績。那段日子可真夠艱難，我拼勁了全力，每天只睡三個小時，沒想到天道酬勤，在畢業時我竟然取得了不錯的成績：優秀團支部書記，優秀學生會主席，福特獎學金獲得者，校園最佳辯論手，法語演講一等獎，北京市十佳三好學生……

李娜：哇，妳好厲害啊……

安娜：這沒什麼……

李娜：安娜妹妹，我很崇拜妳！

安娜：這很平常。只要付出努力，任何人都能成功……（安娜在鏡子前化妝）

李娜：妳談過戀愛嗎？

安娜：根本沒那時間。

李娜：妳這麼漂亮，男孩子一定傷透了心。

安娜：上大學時，我收到的玫瑰花不計其數，宿舍裡都放不下，最後我只好送給管宿舍的師三八阿姨。那些請我出去約會看話劇的電話更是響個不停，搞得我都沒辦法看書寫論文，最後我只好拔掉電話線。慢慢的，大家都知道我是冰心美人，男生們也就不怎麼聯繫我了。

李娜：慧劍斬情絲。

安娜：妳也知道，現在畢業的大學生有多少，像我這種來自窮地方，家裡沒錢又沒權，再不努力靠自己，就更沒活路了。

李娜：說得沒錯啊。

安娜：我班上有個同學，畢業後找不到工作，只好去市場賣豬肉。她父親是個屠夫，這下好了，她也繼承父業。

李娜：她也是北大的學生？

安娜：沒錯。

李娜：真遺憾。

安娜：怨她自己，誰讓她大學不好好讀書，整天就知道瘋玩瞎鬧，最後找不到工作才知道後悔，以前做什麼去了？

【安娜打了個哈欠。】

李娜：妳就沒喜歡過人？（停頓）

安娜：沒有。

李娜：那個少女不懷春？（停頓）

安娜：我沒有。（停頓）現在工作機會那麼少，好工作就更少了。我必須讓自己鐵石心腸，才能找到好工作。感情只能影響我的事業和前途。所以，我絕不允許自己喜歡上別人！

李娜：是嗎？真的是這樣嗎？

【孫娜從舞臺右側上場。安娜吃驚的瞪著他。】

第三場

【乙牽著李娜走到右邊的小舞臺上，扶他坐在木馬玩具上。甲指揮著眾人上場擺上簡單的道具，用幕布表示飄蕩的未名湖，用一個黑色的塔表示博雅塔，又在幕布上掛上一輪紅月亮，又有人給安娜肩膀上掛了個書包。這些道具和心理諮商室的道具奇異的混在一起。孫娜站在安娜面前。】

安娜：孫娜？

孫娜：是我。

安娜：妳怎麼在這裡？

孫娜：妳不歡迎我？

安娜：我記得很清楚，我在心理諮商室……

孫娜：心理諮商室？

安娜：可是一眨眼，我怎麼來到了未名湖？

孫娜：安娜，我們本來就在未名湖畔。

安娜：算了，那一定是場夢。

孫娜：夢？

安娜：為了學習，每天我只睡三個小時，有時候在校園裡走著走著我就睡著了，我走到路中央，身後的轎車喇叭聲震天，要不是好心的同學拉我一

把，我早就被轎車碾成兩截了。（打哈欠。停頓）

　　孫娜：安娜，妳太累了。

【孫娜握安娜的手，安娜推開他。】

　　安娜：近來我做的夢就更多了，有時候我夢見又去參加考大學，作文題目是《我是誰？》。天啊，我就是想破腦袋也想不起來自己是誰。周圍同學都奮筆疾書，在考卷上寫得飛快，就我一個人傻坐著，滿頭大汗，把吃奶的勁都使出來，還是想不起來……

【乙遞給孫娜一根胡蘿蔔，孫娜坐在椅子上，像兔子一樣啃起胡蘿蔔。】

　　孫娜：妳是安娜，不是嗎？

　　安娜：我知道我叫安娜，可除了這個，我再也不知道自己還有什麼。作文要求八百字，可是我才寫了四個字，『我叫安娜』，我肯定考得很糟糕……

　　孫娜：我喜歡妳做夢。

　　安娜：有時候我夢見殺了人，手上沾滿鮮血，我在河裡洗手，怎麼洗都洗不乾淨。後面有很多人叫喊著追過來，沒辦法，我跳進河裡，水面上開滿了金色的睡蓮花，那是我的婚床……

　　孫娜：我喜歡妳做夢。

【安娜跑起來，孫娜把吃剩下的胡蘿蔔裝進口袋，在後面追趕著安娜。】

　　安娜：有時候我又夢見自己待在一個黑暗的心理諮商室裡，一個滿頭紅髮的男人審問我，他相貌英俊，臉上留著連鬢鬍子，鼻子高聳，我想，他一定有碩大的陽具。我敢肯定一定是這樣。他是我見過最帥的男人……

　　孫娜：妳在說我嗎？

【安娜跑到右面的小陽臺上，她瞪著李娜，他們的嘴唇貼得很近。】

安娜：我喜歡那個男人。

孫娜：誰？

安娜：那個帥哥諮商心理師！

【安娜捧著李娜的腦袋，把嘴唇緊貼在李娜的嘴唇上。孫娜從身後抱著安娜，把她拽開。】

孫娜：妳應該喜歡我！

【孫娜把安娜的身體轉過來，把嘴唇緊貼在安娜的嘴唇上。安娜推開他。】

安娜：不，我不喜歡妳！

孫娜：妳告訴我那裡不好，我一定改，一定！

安娜：不，是我的原因。

【安娜轉回身體，她捧著李娜的腦袋，把嘴唇緊貼在李娜的嘴唇上。孫娜從身後抱著安娜，把她拽開。】

孫娜：妳要愛我，愛我！

【孫娜把安娜的身體轉過來，把嘴唇緊貼在安娜的嘴唇上。安娜推開他。】

安娜：不，不！

【安娜轉回身體，她捧著李娜的腦袋，把嘴唇緊貼在李娜的嘴唇上。】

孫娜：錯過我妳一定會後悔，一定！

【孫娜從身後抱著安娜，把她拽開。】

安娜：不，不！

孫娜：安娜，我愛了妳整整兩年，整整兩年！

【孫娜把安娜的身體轉過來，把嘴唇緊貼在安娜的嘴唇上。安娜推他。】

安娜：不，不！

【安娜推倒孫娜,安娜轉過身子,伸著嘴,李娜已經不在那裡。李娜把身子掛在單槓上,像個猴子看著他們。安娜伸長脖子,還是夠不到李娜的嘴唇。安娜哭起來。甲吹哨子,安娜重新變成人偶,頭髮遮蓋住臉孔。乙丙等人拿著道具上場。丙站在舞臺右側,甲在她身上拴上繩子。丙帶著繩子穿過舞臺。在孫娜獨白中,安娜始終閉著眼睛。】

孫娜:安娜,安娜,妳怎麼了?安娜,我弄疼妳了嗎?我真該死。妳說句話好嗎?我不能看到妳哭。妳那麼漂亮,像個天使,天使怎麼會哭呢?告訴我,我可以為妳做什麼?(停頓。甲吹哨子。安娜抬起頭,臉孔露出來)給我下命令吧,不管妳要什麼,我都能做到。即使妳要拿走我的頭,我也不會皺一下眉頭。我想送給妳我的頭,只要妳說妳想要。說吧,安娜,妳想要嗎?妳想要我的頭嗎?(甲吹哨子,安娜抬頭看著月亮。乙丙等人製造怪獸)今晚月亮真大,閃著紅光。這很不正常。已經是深秋天氣了,博雅塔在寒風中發抖,未名湖掀起巨浪,湖面上有燈籠在閃爍,不,那是眼睛,綠眼睛。那是個怪獸,牠瞪著銅鈴大的眼睛,張著血盆大口,他想要吞噬我,我知道他想吞噬我!我想要變成魚,變成一條魚,可魚很弱小,魚只能是獵物,怪獸的獵物,漁夫的獵物,鯊魚的獵物。可是我只想變成魚,沉到湖底……(甲吹哨子。安娜倒在地上。乙丙等人製造風刮樹枝的狂亂效果)我聽到風在呼嘯。這樹、這水、這塔、這月亮我彷彿第一次看到。再多看一眼吧,再多看一眼彷彿我就知道我為什麼在這裡,我為什麼愛妳愛得瘋狂,我為什麼想要為妳燃燒我自己。【甲吹哨子,安娜坐起來。丙扮演水妖在湖邊唱歌,丙面容呆滯,人偶模樣,丙被繩子牽著。】

丙:(輕輕的唱)安娜安娜,流著鼻涕的小安娜,

安娜安娜,乖乖聽話的好安娜,

好好學習,天天向上的慧安娜,

考上名校，留在京城的強安娜。

安娜安娜，帶給我們榮譽的好安娜，

安娜安娜，帶給我們厄運的壞安娜！

【伴隨著丙的歌聲，孫娜說著下面的臺詞。】

孫娜：安娜，我還聽到一個女人在湖水裡歌唱。她在歌唱死亡。死亡一定富有詩意，因為那麼多的詩人在湖水中身亡。死亡不過是一滴水落到湖水裡。安娜，別離開我，求妳別離開我⋯⋯（甲吹哨子。安娜慢慢站起來。孫娜慢慢朝湖水中走去）安娜，新生報導那天我看到妳，妳背著重的編織袋，腰都被壓彎了，手裡還提著兩個行李箱，身後還拖著一個箱子。別的學生都雙手空空，身邊跟著父母家人。只有妳一個人，背著那麼重的行李，艱難的走在校園的小路上，薔薇花在路邊開放，有兩隻蝴蝶在妳耳邊飛舞。早晨第一縷陽光照著妳蒼白的小臉蛋和黑色的大眼睛。我對自己說，這個女孩有意思。安娜，妳真有意思。我第一眼看到妳，就瘋狂的愛上妳。我愛了妳兩年，整整兩年，安娜，每天晚上我都叫著妳的名字入睡，安娜，妳每天晚上都出現在我夢裡，夢裡真美，安娜，妳在我的夢裡真美。【甲吹哨子兩聲。安娜朝孫娜走去。丙仍舊在歌唱。】

丙：（唱）（輕輕的唱）安娜安娜，殺人放火的惡安娜，

安娜安娜，妳犯下了滔天罪行，

安娜安娜，妳澆滅了父母的希望，

安娜安娜，妳給父老鄉親臉上摸黑。

安娜安娜，帶給我們榮譽的好安娜，

安娜安娜，帶給我們厄運的壞安娜！

【伴隨這歌聲，孫娜說出下面的臺詞。】

孫娜：我們在夢裡總是跳舞、談情說愛、看電影。對了，我們在夢中還

參加戲劇演出。安娜，妳演瘋女人，演得棒極了。安娜，妳在舞臺上光彩照人，妳說著大段大段的臺詞，觀眾在下面瘋狂的喝彩、吹口哨，還跺著腳丫子。（甲乙丙喝彩、吹口哨，剁腳丫。甲吹哨子，安娜走到孫娜身邊）安娜，妳美極了，在我的夢中，妳美極了。妳像個女神，安娜，我的女神，再見了，或者說永別了，我要進入夢鄉，我要在夢裡和妳相會。我會在夢裡抱著妳，緊緊的抱著妳，安娜，妳再也逃不掉……（孫娜慢慢倒下）我要變成一條魚，一條青魚，安娜，我要變成一條一天到晚游泳的青魚，而妳是水，安娜，妳是水，我在妳的懷抱裡，在妳的親吻裡，在妳的宮殿裡，尋找我自己……

【甲吹哨子。安娜抓著孫娜的手。乙丁等人用網子製造湖水的效果，就像戲曲中那樣。安娜和孫娜在湖水中掙扎。丙站在中央，看著他們，表情依舊呆滯。丙繼續唱歌。】

　　甲乙：醒來吧，安娜，安娜——

【乙吹哨子。安娜突然睜開眼睛。安娜抓起地上的繩子。】

　　安娜：孫娜，不要，不要——

　　孫娜：安娜，妳不要我死？

　　安娜：對，我不要妳死，絕不要！

　　孫娜：那妳就愛我，愛我吧，安娜！

　　安娜：不，不——

　　孫娜：那我只能去死，只能去死！

　　安娜：不，不——

　　孫娜：要麼妳愛我，要麼我死去！

　　安娜：不，不——

【他們在湖水中掙扎。】

孫娜：讓我死去，讓我死去！

安娜：給妳個安娜，給妳個安娜！

孫娜：真的嗎？真的嗎？

安娜：真的，真的！

【他們一起從湖水的幕布中鑽出來。】

孫娜：給我個安娜，給我個安娜！

【安娜拽手裡的繩子，把丙拉過來，丙滿臉呆滯。】

安娜：給妳個安娜，給妳個安娜！

【丙像瘋子一樣笑起來。】

丙：哈哈哈哈……

孫娜：她不是妳，她不是妳！

安娜：她是安娜，她就是安娜！

丙：哈哈哈哈……

安娜：我們叫同一個名字，在同一個班上課，在同一間宿舍裡睡覺。她是安娜，她也是安娜！

丙：我是安娜，我是安娜！

孫娜：她不是妳，她不是妳！

【丙朝舞臺右側走去。安娜把繩子拴在孫娜身上。甲吹哨子。孫娜陷入呆滯狀態。】

安娜：她比我更好，比我活潑，比我聰明，比我有生活情趣。聽我說，孫娜，她比我更適合妳，妳們是金童玉女，天造地設的一雙……

丙：哈哈，我是安娜……

【丙拉著孫娜，慢慢的朝舞臺右側走去。】

孫娜：她不是妳，她不是妳……

安娜：她也是安娜，另一個安娜，比我更好的安娜……記住，妳要對她好，妳要對安娜好！

孫娜：我不會對安娜好，我會對妳好……

丙：哈哈哈哈……

安娜：這是我送給妳的禮物！

孫娜：我不喜歡妳的禮物，我喜歡妳送給我！

丙：哈哈，我是安娜，我是安娜！

【孫娜和丙下場，馬上擺脫了人偶狀態。他們和舞臺右側的李娜擊掌，歡呼，慶祝演出成功。甲吹哨子，安娜疑惑的盯著舞臺右側的李娜、孫娜和丙。甲乙等人在舞臺左側鼓掌吹口哨。】

安娜：我彷彿看到了孫娜和李娜在一起。我還聽到有人在鼓掌吹口哨。（甲乙等人再次鼓掌吹口哨）他們什麼時候認識的？……一群陌生人在我周圍尖叫……

【甲乙跑過來，甲摸安娜的臉，乙拽安娜的頭髮，安娜尖叫。】

安娜：誰？妳們是誰？太奇怪了……有人摸我的臉蛋？還有人拽我的頭髮？這一切都太奇怪了……他們是誰？有誰知道他們是誰？告訴我，告訴我……（坐在患者椅子上，打了個哈欠）這一定是夢，一定只是夢。我喜歡做夢，夢是絕妙的現實，比現實更精彩，更奇妙，更詩意，也更殘酷……

【安娜閉上了眼睛。乙丙丁等眾人給李娜鼓掌。】

丙：真不錯！

丁：藝術家！

乙：天才啊妳 ——

李娜：真的嗎？

甲：咳咳……

李娜：老人家，您覺得怎樣？

【甲用鞭子抽李娜。】

甲：沒見過比妳更仁慈的諮商心理師！

李娜：是！

甲：對她狠點，再狠點，就像我抽妳一樣抽她！

李娜：是，是！

【眾人驚愕的望著甲。燈滅。】

第四場

【燈光亮。景同第一場。甲吹哨子。安娜抬起頭，李娜站在她面前，一個杯子放在安娜面前。李娜已經脫掉醫師袍，怪鳥別在李娜肩膀上。安娜吃驚的盯著李娜和他肩膀上的怪鳥。甲吹哨子。李娜端起熱水壺，往杯子裡倒水。】

李娜：妳睡著了。

【李娜把杯子放在安娜面前。安娜呆滯的抓著杯子喝水。安娜一直飲下去，似乎毫無感覺，水流在地板上。】

李娜：小心，水有點燙。

安娜：噢──（被燙了下）謝謝妳。（安娜放下杯子。停頓。李娜坐到諮商心理師的椅子上）

李娜：安娜，妳剛才講了很多妳的大學故事，妳是那麼刻苦，妳獲得的各種榮譽獎章，妳拒絕了孫娜的求愛，還把另一個安娜介紹給了孫娜。（停頓）妳能多談談安娜嗎？

安娜：誰？

李娜：安娜。

安娜：安娜？

李娜：另一個安娜。

安娜：另一個安娜？（停頓。乙吹哨子，安娜擺脫人偶狀態，慢慢具有活力。）

李娜：我們開始吧。

安娜：我為什麼要告訴妳？

李娜：我是諮商心理師。

安娜：哈，每個人都可以聲稱自己是諮商心理師。

李娜：我治癒了一百三十九名患者。安娜，妳不想讓自己好起來嗎？

（停頓）

安娜：我很好。

李娜：可是妳比我更清楚，妳眼前總是出現幻覺。就在剛才妳講自己校園故事時，妳不是清楚的看到孫娜就在妳面前？還有未名湖和博雅塔……

安娜：妳怎麼知道？

李娜：我就是知道！

安娜：我該怎麼辦？怎麼辦？

李娜：說出妳的故事，妳完整的故事！

安娜：然後呢？

李娜：然後我會幫妳治癒，讓妳變成正常人！

安娜：正常人？

李娜：那樣妳就能在花園裡奔跑歌唱了。

安娜：真的嗎？

李娜：我為什麼要騙妳？

安娜：也許妳有什麼險惡的目的，也許妳想要抓我去領賞，也許妳想要我留在這個心理諮商室，一輩子把我關在裡面！

李娜：妳可以做出選擇。要麼信任我，要麼沉默。妳也可以眼睜睜的看著自己瘋掉。

安娜：我該怎麼辦？怎麼辦？

李娜：沒有人知道該怎麼辦。安娜，沒有人能說出辦法。除非……

安娜：除非我完整的說完自己的故事。

李娜：沒錯。聽完妳的故事，我才能想出法子。（甲吹哨子）

安娜：妳想了解什麼？

李娜：我們還是從那個安娜入手吧。

安娜：為什麼偏偏提她？

李娜：她很重要。

安娜：我不重要？

李娜：不，我不是這個意思。在某個段落，她很重要，但在大部分時候，妳最重要。

安娜：是嗎？

李娜：妳是故事的主人公，戲劇的主要人物，舞臺上的主要演員……

安娜：我要比妳重要嗎？

李娜：從某種程度上來說，這是妳的戲劇……

安娜：謝謝。

【停頓。甲吹哨子。】

李娜：妳們是學同一個專業科目？

安娜：對，我們還住同一間宿舍。

李娜：她學習好嗎？

安娜：比好的差，比差的好。

李娜：一直這樣嗎？

安娜：也不是，嗯，剛開始挺好的，後來就變壞了。

李娜：什麼時候？

安娜：大三之後吧。

李娜：在妳給她介紹男朋友之後？

安娜：她是個輕浮的女孩，長得一點都不漂亮，她被愛情沖昏頭腦，狂熱的迷戀孫娜，整天纏著我把孫娜介紹給她。我把他們撮合在一起，也是為了她好。

李娜：就沒有為了妳好嗎？

安娜：妳什麼意思？

李娜：難道妳從沒有把她當過競爭對手？妳們兩個都課業這麼好，做什麼事情都互相競爭，獎學金，班級幹部，還有辯論比賽什麼的，不管做什麼，她都要和妳去爭去搶。

安娜：不論做什麼，都是有她沒我，有我沒她。

李娜：安娜，難道妳從來就沒厭惡過另一個安娜？妳就不想個法子把她拉下水？這樣，至少妳也少個競爭夥伴。

安娜：您真不愧是心理學家，我簡直想要說，您說得太對了。

李娜：我了解人性的最陰暗面。

安娜：可是妳有沒有想過，我也是有情感的。安娜和我住在同一間寢室，我們朝夕相處了四年，就是禽獸也會生出感情。我一直把她當做好妹妹……

李娜：對不起，安娜，我只是說有那種可能。

安娜：不，沒有，絕沒有！

李娜：那我明白了。（停頓）嗯，安娜，那個安娜現在做什麼？

安娜：賣豬肉。

李娜：賣豬肉？

安娜：她爸爸是個屠夫，一直賣豬肉供她上大學。現在好了，終於女承父業。

李娜：她是北大畢業的呀！

安娜：北大畢業的又怎麼了？她被那個男人迷住，整天不念書，有三門主修不及格，補考也沒通過，最後沒有拿到畢業證書。她學業成績這樣子，哪個公司還敢用她？

李娜：她真可憐。

安娜：這還不是最糟的。為了那個畜生，她墮過兩次胎，最後那次大出血，幾乎死在手術臺上。為了保住性命，醫生只好拿掉她的子宮。

李娜：可憐的女人。

【乙丁搬來道具，丙扮演另一個安娜，慢慢的砍豬肉。她動作呆滯，是人偶狀態。】

丙：哈哈哈……

李娜：孫娜呢？

安娜：他是個花花公子，玩膩了安娜就要拋棄。

李娜：真可惡！

安娜：也許他愛我，瘋狂的愛我。他得不到我，就瘋狂報復另一個安娜。

李娜：是嗎？

安娜：誰知道呢？誰知道真相呢？不過說這些有什麼用……

李娜：是啊，我們還是說另一個安娜吧。

安娜：她很蠢，她是天下第一蠢的女人！以前考上北大時，她父親在豬肉攤前放了十萬響的鞭炮，市場上鼓聲震天；現在好了，她耷拉著腦袋，整

天在豬肉攤上切肉算帳，有時候為了幾毛錢，就和客人吵起來。狂暴至極。

丙：哈哈，我是安娜⋯⋯

安娜：有時候為了爭奪顧客，還要拿著刀和別的豬肉販子幹架。

丙：哈哈哈哈，我是北大畢業的安娜⋯⋯

【安娜擦眼睛。】

李娜：真是不幸。

安娜：有一天，鎮上的報社收到一封匿名信，很快所有人都知道了她在學校裡墮胎的醜事。女人最重要的是名望啊。可憐的女孩，再也嫁不出去，最後只好和一個瘸子鞋匠結了婚，每次喝醉酒，瘸子都用皮帶把她抽得半死⋯⋯

【甲用鞭子抽丙。】

丙：哈哈，我是安娜，北大畢業的安娜⋯⋯

李娜：妳哭了。

安娜：我們在一起住了四年⋯⋯

李娜：就是禽獸也會生出感情。

安娜：沒錯。

李娜：嗯，妳知道誰寫的那封匿名信嗎？

安娜：不知道，也許是孫娜，也許是某個恨她的人。她考上北大後就趾高氣揚，看誰都不順眼⋯⋯妳為什麼用那種眼神看著我？妳懷疑那封信是我寫的？

李娜：嗯，我可沒這麼說。我只是為安娜感到痛心⋯⋯

安娜：為她，那個不要臉的小婊子？

丙：哈哈哈⋯⋯

安娜：她是咎由自取，中午在出租屋處裡她和孫娜幹得熱火朝天時，我

卻在教室裡汗流浹背的背英語單字；深夜十二點她和孫娜的一幫狐朋狗友沉浸酒吧談情說愛時，我卻點著蠟燭在教室裡趕寫讀書報告；太陽晒著她的屁股十點鐘她還沒起床時，我卻在圖書館裡看了三本專業書！

李娜：可憐的安娜……

安娜：妳在說誰？

李娜：妳們倆。

安娜：不，她不可憐，我也不可憐。世界就是這樣，所有的安娜都不可憐！

李娜：我們來談談安娜這個名字吧。

安娜：名字有什麼好談的。

李娜：我注意到妳對自己的名字很敏感……

安娜：哼。從小學到大學，我曾有九個同學叫安娜，這還不算四個沒上幾天就輟學的安娜。甚至還有兩個男生也叫安娜這個名字。這可真逗。

李娜：怎麼會這樣？

安娜：工作後，我對面的同事也叫安娜，結果辦公室的人不知道怎麼稱呼我們，只好在我們的名字前加上各種代碼，『湖南安娜』『河南安娜』，『北大安娜』『清華安娜』，要不就是『大安娜』『小安娜』，而私下裡他們會叫我們『醜安娜』『俊安娜』，『暴躁安娜』『和善安娜』……

李娜：哦，這樣啊……

安娜：再也沒有比這更尷尬的事了。我們共叫一個名字，這個名字卻不屬於我們。無論我們做什麼，都不能掙脫它的控制。

李娜：妳就沒想過辦法嗎？

安娜：我去了警察局，想要修改自己的名字……

李娜：妳想叫什麼？

安娜：安琪兒。我喜歡這個名字。

李娜：妳修改成功了嗎？

安娜：這需要幾十道手續。為了提高做事效率，很自然，員警拒絕了我的申請。

李娜：真遺憾。

【甲指揮乙丙丁等人上場，搬來安娜老家的道具，他們穿著辦公室職員的服裝。安娜吃驚的盯著他們。】

安娜：怎麼回事？

李娜：怎麼了？

安娜：辦公室裡的人……

李娜：在哪裡？

安娜：這裡，那裡，他們就在心理諮商室！

李娜：心理諮商室的門鎖得好好的，沒有我的允許，任何人都不會進來。

【乙摸了摸李娜的臉，丙拽了拽安娜的頭髮。】

安娜：啊？他們在這裡這裡，他們就在這裡！

李娜：（把安娜攬在懷裡）可憐的孩子，妳又出現了幻覺。

安娜：幻覺？

李娜：別害怕，幾乎所有人一輩子中都會出現至少一次的幻覺。

安娜：真的？

李娜：妳是我的好妹妹，我怎麼會騙妳？

【甲站在眾人面前。他拍了拍李娜的肩膀。】

甲：剛才妳表演的不錯！

乙：夠狠夠酷！

李娜：謝謝，謝謝！

【甲吹哨子，李娜變得呆滯。】

甲：下面大家還要用心表演！

乙：放心吧！

丙：不會讓您失望的！

丁：您就等著瞧好戲吧！

安娜：李娜，是妳在說話嗎？

李娜：沒有。

安娜：我聽見有人在說話！

李娜：那是幻覺，幻覺！

【甲把李娜引到右側的小舞臺上。乙丙丁在安娜臉上纏上黑布。】

安娜：李娜，妳在哪裡？在哪裡？

甲：我就在妳旁邊。

安娜：停電了嗎？

甲：沒有。

安娜：我什麼都看不到！

甲：妳暈倒了，可憐的孩子。

【乙丙丁把安娜拉到椅子上。】

安娜：我害怕，我害怕！

甲：別怕，我就在妳身邊。

安娜：妳的聲音和剛才不同。

甲：我說話太多，聲音變得嘶啞。

安娜：妳的聲音聽起來很遠。

甲：不，我就在妳身邊。瞧，這不是我的手嗎？

【甲乙丙丁伸手抓著安娜。】

安娜：李娜，妳怎麼有八雙手？

甲：哈，為了更好的抓住妳。

安娜：李娜，妳怎麼有四個頭？

乙：哈哈。為了想出更好的計謀對付妳。

安娜：李娜，妳怎麼有四個乳房？

丙：哈哈哈。為了哺育更多的安娜。

安娜：李娜，妳怎麼有兩副陽具五個睪丸？

丁：哈哈哈哈。為了滿足更多的安娜。

安娜：告訴我，這一切是夢，都是夢。

甲：這一切都是真的，再也沒有比這更真實的現實。

安娜：我要哭了。

【甲乙丙丁給安娜打扮起來，在她頭髮上插了很多鮮花，在她臉上塗抹脂粉。】

甲：哭吧，親愛的安娜。可憐的孩子，妳受了那麼多委屈，要是不好好哭一場，妳一定要發瘋。

【甲吹哨子。李娜呆滯的說下面的臺詞。】

李娜：好好痛哭一場吧，親愛的孩子。不過哭過後，要記得告訴我們辦公室的故事。我們對它非常感興趣。那是妳人生經歷的一部分。沒有它，妳的一生就不完整。只有我知道這個故事後，我才會更懂妳，才會更了解妳心靈的每一道溝溝壑壑……（李娜倒地）

甲：安娜，妳的心靈是個黑暗的迷宮，一不小心，就會迷失在其中，一

輩子都無法逃脫。妳布置了那麼多陷阱，一不小心就會被妳擒獲。妳像母蜘蛛那樣布下天羅地網，可是我一定會無比小心。親愛的孩子，野狼終究要吃掉羔羊。可是羔羊要是有好口才，能講出一個感人的好故事，野狼也不妨再等上一刻鐘。即使肚子餓得咕咕叫，可是牠還是願意等上一刻鐘。太容易滿足了反而沒意思。快感在於等待，在於延宕。高潮之後總是空虛。人生也罷，做愛也罷，戲劇演出也罷，都是如此。所以，親愛的朋友們，一定要記得徹夜狂歡，只要不回那個破爛冷清的家，一切都會讓人滿意。野狼是那麼仁慈，富有詩意，牠喜歡生活，喜歡交媾，喜歡人類藝術，而牠的最愛的卻是戲劇演出。所以，孩兒們，好好表演，不要讓觀眾們失望啊！

　　乙丙丁：得令！

【燈滅。】

第五場

【安娜家鄉和心理諮商室奇異的混雜。安娜蒙著眼睛站了起來，在心理諮商室裡摸索。甲乙丙給同伴們化妝。丁站在舞臺右側。】

安娜：黑，好黑啊。這是在哪裡？有人嗎？有人在這裡嗎？喂，有人嗎—如果我呼喊，可以天使聽見我叫聲？

甲：死亡天使會聽到的！

李娜、乙丙：哈哈哈哈……

安娜：我聽見有人在笑。也許是蝙蝠的聲音。老家的山上有種吸血蝙蝠，個頭比人還要大，專門模仿人的笑聲。笑聲比鈴聲還要好聽，就像天堂裡傳來的呼喚。一些蠢人往往分辨不出真假，受到誘惑，四處尋找，他們一不小心就會踏入蝙蝠的洞穴，黑天使們一擁而上，用翅膀擊打獵物的身體，用尖利

的喙堵住獵物的嘴巴和鼻孔。獵物們窒息昏倒在地，蝙蝠們就用利齒吸取獵物的鮮血。

甲：妙啊，妙啊！

【甲用扇子拍安娜的身體，乙用嘴巴堵住安娜的嘴巴和鼻孔，丙拿著一個大的針管和針頭來吸取安娜身上的血。安娜拚命掙扎。】

乙丙丁：哈哈哈……

【安娜倒地。李娜在小舞臺上雜耍。】

甲：妙極了，安娜講的話，總能給我們提供很多靈感。

乙：聽下去，大家聽下去。

【乙丙丁放開了安娜。安娜醒過來。丁往自己頭上戴『陰陽頭』的假髮。丁在自己身上穿白衣服。對著鏡子化妝。丁在腳上套『三寸金蓮』。丁的臉孔一直呆滯而僵硬。如果條件允許，也可以考慮丁用人偶扮演，甲乙丙等人來操縱。】

安娜：媽媽告誡過我很多次，要小心那些吸血蝙蝠，要小心那些男人！『安娜，安娜，要小心那些蝙蝠和男人啊—』哈，她老人家一輩子吃過蝙蝠男人的虧。她的弟弟被蝙蝠吃掉，最後連屍首都沒找到；她的妹妹被男人玩弄後遭拋棄，大著肚子跳了湖。肚子漲得比熱氣球還要大。（丁走近安娜，扶著安娜站起來，輕輕拍去安娜身上的塵土）我們是個不幸的家族，一定是遭人詛了咒，要不就是我們家的祖墳不好。沒人知道原因。從小爸爸就要我出人頭地。

【甲扮演起父親。】

甲：安娜，妳要出人頭地啊！

丁：嗚嗚嗚……

【丁哭起來。】

安娜：爺爺家是地主，解放後在批鬥中被人打死；奶奶是富家小姐，一輩子

沒做過務農,她細皮嫩肉,見誰都是笑眯眯,村裡誰家有困難她都願意去幫忙。她有一雙三寸金蓮,總穿著白裙子。

【甲乙丙扭綁住丁,甲往丁脖子上掛『地主老財』的牌子。他們推搡著丁,乙往甲脖子上掛破鞋,他們哄堂大笑。丁往前走,身後的繩子拖得老長。】

安娜:爺爺死後,奶奶就被押到了檯子上,一個無賴拿著剃頭刀,刮掉她一半的頭髮,又在她脖子上掛上『地主老財』的牌子,民兵隊長押著奶奶,一個潑婦往奶奶脖子上掛兩隻破鞋,群眾們哄堂大笑。(丁走到安娜面前,她抱住安娜。甲乙丙往她們身上扔垃圾)他們受這個女人幫助多年,一輩子在她面前抬不起頭,現在終於揚眉吐氣,翻身做了主人,圍觀的群眾拚命朝奶奶吐塗抹扔臭雞蛋、爛番茄還有小石塊,她的頭都破了……

【李娜在雙槓上吊死個人偶。】

安娜:可憐的奶奶,最後吊死在屋梁上,舌頭伸得老長,半邊頭髮披散在身上,三寸金蓮上沾滿了屎尿,白色的衣服也變得屎黃……爸爸從小在村民的白眼和踢打中長大。

【甲在自己頭髮上灑白色的粉末。甲在前面跑,乙丙在後面追著他打,他們放狗咬甲。】

安娜:因為成分不好,爸爸沒讀過幾年書,一輩子都在地裡奔波。農民太窮了,尤其還要供應兩個學生,更是雪上加霜。

【丙扮演安娜娜。】

李娜:兩個學生?

安娜:對了,我忘記告訴妳們,我有個雙胞胎妹妹,她比我晚出生七分鐘。

【安娜娜跑過去捂住安娜的眼睛。】

安娜娜:安娜,猜猜我是誰?

安娜:安娜娜,安娜娜!

【安娜娜解開安娜臉上的黑布。】

安娜娜：哈哈，安娜，妳怎麼知道是我？

安娜：安娜娜，妳想什麼我全知道。

安娜娜：妳想什麼我也全知道！

安娜、安娜娜：我們有心靈感應！

安娜：我們兩個長得太像了，有時候就連爸爸媽媽都分不清我們。安娜娜比我更活潑更好動，村裡人都喜歡逗她玩。

李娜：安娜娜，妳長大後要做什麼？

安娜娜：我長大後要去北京。

李娜：去北京做什麼？

丁：（哭）啊—

安娜娜：當大官賺大錢。

李娜：當大官賺大錢做什麼？

安娜娜：孝敬父母，孝敬安娜……

李娜：為什麼要孝敬安娜？

丁：（哭）啊，啊—

安娜娜：安娜對我好，有什麼好吃的好穿的都留給我……

安娜：安娜娜！（哭）

安娜娜：安娜！（她們抱在一起）

安娜娜：安娜是我的好妹妹。

李娜：妳不是妹妹嗎？

安娜娜：我和安娜長得很像，小時候爸爸媽媽肯定弄混過我們。我一定是姐姐。

安娜：這怎麼可能？

《安娜的心理諮詢》戲劇劇本全本

安娜娜：這怎麼不可能？

安娜：快叫我姐！

安娜娜：妳叫我姐我就叫妳姐！

安娜：妳找死啊！

【安娜撓安娜娜的癢癢，她們在一起打鬧，她們在地上翻滾，歡笑聲。】

丁：（哭）啊，啊──

【甲扮演爸爸，乙扮演媽媽。爸爸一直蹲在地上。】

爸爸：爸爸對不起妳們……

媽媽：吃了上頓沒下頓。

安娜：爸爸沒錢供給兩個學生。我和安娜娜在一個班上上學，每次不是我考第一，就是她考第一，我們從沒低於前兩名……

爸爸：爸爸對不起妳們……

媽媽：家裡窮得三餐不繼。

丁：（哭）啊──

爸爸：爸爸對不起妳們……

媽媽：上學花費太大，家裡供不起兩個學生……

安娜娜：爸，讓安娜去上學吧！

安娜：爸，讓安娜娜去上學吧！

安娜娜：安娜，妳去上學！

安娜：安娜娜，妳去上學！

安娜娜：不，妳去！

安娜：不，妳去！

媽媽：唉，妳們這次誰考得好誰上學吧！

爸爸：爸爸對不起妳們。（停頓）

安娜：那一次我考了第五名，安娜娜考了第十名。

媽媽：家裡只能供給一個學生。

爸爸：安娜，妳去讀書吧。

安娜：不，不—

安娜娜：安娜，妳去讀書吧。

安娜：不，不，不—

安娜娜：安娜，妳考得比我好。

安娜：安娜娜，妳為什麼不考好？為什麼不考好？

安娜娜：安娜，妳以為我不想嗎？妳以為我不想嗎？（哭）

安娜：安娜娜，妳故意沒考好……

安娜娜：安娜，妳故意沒考好……

安娜：可是妳考了第十名，我考了第五名……

安娜娜：既然有個人不能上學，為什麼不能是我？

安娜：可是妳是妹妹呀。

安娜娜：瞎說，我是姐姐！

媽媽：孩子，我的孩子！

丁：（哭）啊，啊—

安娜：安娜娜，妳去讀書！

安娜娜：安娜，妳去讀書！

安娜：不，妳去！

安娜娜：不，妳去！

爸爸：安娜，妳去讀書！

安娜：爸，讓安娜娜去！

爸爸：妳去！

《安娜的心理諮詢》戲劇劇本全本

安娜：不，不—

【爸爸打安娜一個耳光。】

安娜：爸—

媽媽：安娜，妳去上學吧。

【爸爸跪在地上。】

爸爸：爸爸對不起妳們！

安娜娜：爸—

安娜：爸—

【一家四口抱在一起哭。】

丁：（哭）啊，啊，啊—

安娜：就這樣，我背著書包去學堂，安娜娜卻留在了家裡，每天天不亮就下地割草餵豬，下地幫爸媽務農，有時候上山挖草藥賺錢，空閒的時候，安娜娜就在河邊放牛。她才十歲，那麼小就懂得為家人做出犧牲。她是我妹妹……

安娜娜：瞎說，安娜，我是姐姐，爸爸媽媽肯定搞錯了。

安娜：妳知道不會搞錯……

安娜娜：安娜，說說學校的事情吧。

安娜：安娜娜，妳想知道什麼？

安娜娜：妳今天學了什麼？語文老師講課還吐沫飛濺嗎？數學老師還滿嘴的口臭嗎？妳學了什麼新歌曲？妳畫的蘋果老師表揚了嗎？臭屁王做了什麼壞事？趙娜還總給老師打小報告嗎？……

【李娜製造雷聲的音效。】

安娜：我知道，安娜娜放牛的時候很寂寞……

【甲指揮著，眾人製造雨聲的效果。】

安娜：那一年夏天，天空突然降下暴雨。我在教室裡坐立不安，我知道要出

事，一定要出事。我不知道會出什麼事，我只是渾身抖個不停。（雷聲）突然，我聽見安娜娜在喊我……

安娜娜：安娜，安娜—

安娜：我衝出教室，在大雨中朝河邊跑去，我知道，安娜娜就在那裡，就在洪水裡……河水漲得很高，河邊圍了很多村民。雨下得那麼大，河上的獨木橋都給山洪沖走了。沒有人敢下水。（雷聲，雨聲）媽媽發瘋一般哭著，要不是幾個村民抱著她，她早就跳進河裡，爸爸趴在泥漿裡，用拳頭砸著身體，哇哇哭得像個孩子……我呆呆的站在那裡，一直站著……我聽見安娜娜在喊我，她一直在喊我—

安娜娜：安娜，安娜—

安娜：安娜娜，安娜娜—

【安娜娜出現。】

安娜：為什麼是妳？

安娜娜：為什麼不能是我？

安娜：為什麼死去的是妳？

安娜娜：為什麼死去的不能是我？

安娜：安娜娜，妳是替我死的……

【安娜跪下來。】

安娜娜：既然有人要死，為什麼不能是我？（跪下）

安娜：妳是妹妹……

安娜娜：瞎說，我是姐姐……

安娜：妹妹，我的好妹妹—

安娜娜：姐姐，我的好姐姐—

【她們抱在一起。甲吹哨子。】

《安娜的心理諮詢》戲劇劇本全本

安娜娜：安娜，我必須走了！

安娜：安娜娜，我不讓妳走！

安娜娜：爸爸媽媽就拜託給妳了！

【安娜娜給安娜磕頭。】

安娜：安娜娜—

安娜娜：再見，安娜—

安娜：安娜娜—

【安娜抓著安娜娜的腿。甲乙拉安娜娜，丙用力的掰安娜的手。】

安娜：安娜娜，我不讓妳走—

【甲乙丙拉走安娜娜。】

安娜：安娜娜的屍體一直沒找到。我一直覺得她沒有死，她就在我周圍，就在我身後。安娜娜就躲在某個角落裡，她只是和我玩捉迷藏的遊戲，她只是想要我著急，她只是想要嚇嚇我，她肯定會回來，她一定會回來……我耳邊總是聽到她喊我的名字……

安娜娜：安娜，安娜—

安娜：走在街上，我總想著她從背後拍我的肩膀，然後一下子跳到我面前。我去北京上學，也感覺安娜娜和我一起去了北京……

安娜娜：長大後我要去北京，我要在北京當大官賺大錢，我要孝敬父母孝敬安娜……

【李娜用手捂住安娜的眼睛。】

李娜：猜猜我是誰？

安娜：安娜娜，安娜娜—

【李娜鬆開手，在安娜臉上又戴著眼罩。丁哭的聲音變大。爸爸媽媽的動作變得呆滯。】

安娜：妳不是安娜娜，妳不是安娜娜……爸爸媽媽一下子老了十歲，他們不怎麼說話，臉上也沒了笑容。家裡還是很窮。有一年春節，爸爸在家躺了十天，沒日沒夜的咳嗽，最後吐了好多血，地板都染紅了……我哭著說我不上學了，爸爸拿菜刀放在脖子上。

【丁大聲的哭起來。爸爸把菜刀放在脖子上。安娜娜鬼魅般的來到安娜身旁。】

爸爸：妳不上學爸現在就死給妳看。

安娜：爸，我不要妳這麼辛苦，我不要─

媽媽：安娜，不容易……

安娜娜：安娜，妳必須去上學！

爸爸：妳不上學怎麼對得起安娜娜！

媽媽：安娜娜，我的安娜娜啊！（哭）

安娜：我去上學……

安娜娜：乖，這才是好姐姐……

安娜：安娜娜……（安娜娜把安娜攬在懷裡）

爸爸：安娜，只要妳上學，爸就是使死累死都願意……（咳嗽）

媽媽：安娜，不容易─

安娜：爸─

安娜娜：安娜，妳要爭氣……

爸爸：全家都靠妳了……（咳嗽）

丁：啊─

媽媽：安娜，不容易啊─

安娜：爸─

安娜娜：安娜，妳要給家裡爭光！

《安娜的心理諮詢》戲劇劇本全本

爸爸：安娜，妳要出人頭地！（咳嗽）安娜，為了妳，爸去建築工地上挑磚頭，爸去河裡挖沙子，爸去煤窯裡挖煤……

安娜：可憐的媽媽先去撿破爛，爸爸去醫院賣血，每次都賣四百毫升，一次能賣一百二十塊錢，爸爸賣了十九次……他一米八的個子，體重還不到八十斤……我是吸血蟲，吸血鬼，吸血蝙蝠，我吸食爸爸媽媽的鮮血，吸食安娜娜的鮮血。要不是我，爸爸也不會瘦得厲害；要不是我，安娜娜也不會死……我吸爸媽的血，吸安娜娜的血……

媽媽：安娜，不容易啊—

安娜娜：安娜，妳要給家裡爭光！

爸爸：安娜，要出人頭地！

安娜：出人頭地，對，我一定要出人頭地！這是我最強烈的願望，也是唯一的願望。爸爸三代單傳，現在我是他唯一的女兒。做父親的愛女兒，做女兒的也愛父親。

【甲吹哨子。甲乙丙丁歡呼著走到舞臺右側。李娜和他們擊掌歡呼。安娜注意聽著。】

李娜：沒讓妳失望吧？

甲：太牛了，好久沒看到這麼精彩的演出了！

安娜：妳說什麼？

李娜：我沒說話。

甲：妳們是很棒的藝術家！

李娜、乙丙丁：全仗您的栽培。

安娜：全仗您的栽培。

【眾人像人偶那樣呆立著。燈暗。】

第六場

【停頓。甲吹哨子，眾人站在舞臺右側。李娜跳到安娜面前。】

李娜：安娜。

安娜：誰在叫我？（摸李娜的身子）是妳嗎，李娜？

李娜：是我。

安娜：妳剛才去哪裡，我好害怕……

李娜：我就在妳身邊。

安娜：我害怕……

李娜：安娜，妳畢竟獲得了成功，不是嗎？

安娜：是的，按他們的說法，我成功了。畢業那年，我在班上第一個簽了就業合約，而且我去的是奧組委。奧林匹克運動組織委員會。

李娜：噢，這是個很重要的部門。

安娜：誰說不是呢。這個部門一般人進不去，只有最有能力最有關係最有門路的才能進得去，不過這也要看她的運氣。我沒有關係也沒錢，全靠自己的本事找到這個工作。為了得到這個工作，我可沒少參加考試，什麼公務員職業能力測試，社會主義建設基本常識考試，馬克思主義理論分析，職業人格測試，法律常識考試……本來這個職務是為部長的兒子預備的，但每次考試我都得第一，他們再也沒理由不錄取我……

李娜：妳父母一定高興壞了。

安娜：是的，是的，爸爸在門前放了十萬響的鞭炮，村裡的鄉親們敲鑼打鼓，帶著禮物湧到我們家，他們怎麼都想不到當年拖著鼻涕愛哭鼻子的小安娜，現在在京城做了官，還成了整個村子的榮耀……

甲乙丙：（唱）安娜安娜，流著鼻涕的小安娜，

安娜安娜，乖乖聽話的好安娜，

好好學習，天天向上的慧安娜，

考上名校，留在京城的強安娜。

安娜安娜，帶給我們榮譽的好安娜，

安娜安娜，帶給我們厄運的壞安娜！

第七場

【甲指揮著，眾人搬來辦公室的道具。李娜站在安娜面前。甲乙丙站在他們周圍，他們活動身軀，為馬上就要到來的表演做著準備。甲光著腳，乙丙丁等人在他身邊捏著鼻子。甲扮演主任，乙扮演師三八，丙扮演趙娜。】

安娜：好臭！

李娜：誰的腳那麼臭？

師三八：不是我！

趙娜：不是我！

丁：不是我！

主任：是我！嘿嘿，我有腳氣。

李娜：我也有腳氣。

乙丙丁：我也有腳氣。

【甲把腳伸到鼻孔前，用力嗅了嗅，很陶醉。】

甲：好臭啊！

李娜：味道好極了。

乙：我喜歡這種糖蒜瓣的香氣。（嘔吐）

丙：在夢中我聞到這種香味都會流口水。（嘔吐）

丁：香就是臭，臭就是香！（嘔吐）

主任：我六年沒洗腳了。很多人都喜歡臭腳，像辦公室的師三八，還有趙娜。但最喜歡我的臭腳氣的卻是我的小嬌妻，一天聞不到，她就吃不下飯睡不著覺。對了，安娜也喜歡，她喜歡極了！

李娜：安娜？

【停頓。怪鳥聲。】

李娜：同事對妳好嗎？

安娜：好極了，再也沒有比他們更好的。他們讚美我聰明伶俐、吃苦耐勞、善解人意、踏實能幹，同事們也喜歡我，因為我總是為他們排憂解難……辦公室主任把我看作重要的儲備幹部……

【燈光慢慢變暗，李娜走到舞臺右側，坐在上面看他們表演。安娜坐在椅子上，主任、師三八和趙娜唱著生日快樂歌走了進來，他們端著蛋糕走了進來。地上有根繩子。】

主任、師三八、趙娜：（唱）Happy Birthday to you! Happy Birthday to 安娜！

主任：安娜，生日快樂！

【師三八和趙娜去掉安娜眼上的眼罩。安娜吃驚的瞪著他們。】

安娜：妳們，妳們也在這裡？

趙娜：為了給妳個驚喜！

【師三八用手摸趙娜的大腿，趙娜甩開師三八。】

師三八：大驚喜！

【趙娜用手摸主任的大腿，主任甩開趙娜。】

主任：這都是我的主意……

【主任用手摸安娜的大腿，安娜甩開主任。】

《安娜的心理諮詢》戲劇劇本全本

安娜：這是哪裡？

【安娜用手摸李娜的大腿，李娜甩開安娜。】

李娜：我們的心理諮商室。

【李娜用手摸師三八的大腿，師三八高興的叫了一聲。】

師三八：噢。

趙娜：我們的辦公室啊。

安娜：妳們是誰？

師三八：妳不認識我了，我是師三八。

趙娜：我是趙娜。

【師三八用手摸趙娜的大腿，趙娜甩開師三八。】

主任：我是主任。安娜，妳怎麼了？

【安娜搖晃著倒地。趙娜用手摸主任的大腿，主任甩開趙娜。安娜爬起來。】

主任：安娜最近都在加班，可憐的孩子累壞了！

【主任用手摸安娜的大腿，安娜甩開主任。】

安娜：我累壞了。

【安娜用手摸李娜的大腿，李娜甩開安娜。】

李娜：安娜，妳忘了今天是妳生日。

【李娜用手摸師三八的大腿，師三八高興的叫了一聲。】

師三八：噢。

趙娜：要不是主任提醒，我們都想不起來！

【師三八用手摸趙娜的大腿，趙娜甩開師三八。】

師三八：就算是親爹親娘忘了，主任也會記得我們的生日！

【趙娜用手摸主任的大腿，主任甩開趙娜。】

　　主任：安娜是我們辦公室最優秀的員工，我怎麼會忘記她生日呢？

【主任用手摸安娜的大腿，安娜甩開主任。】

　　安娜：生日？

【甲指揮著，他們給安娜唱歌。安娜用手摸李娜的大腿，李娜甩安娜的手，他沒甩開。】

　　主任、趙娜、師三八：（唱）Happy Birthday to you! Happy Birthday to 安娜！

【師三八推開安娜，自己撲到李娜腳下，把他的手放在自己的大腿上，她叫了一聲。】

　　師三八：噢。

【師三八用手摸趙娜的大腿，趙娜沒動。】

　　趙娜：安娜，許個願吧！

【趙娜用手摸主任的大腿，主任沒動。】

　　師三八：生日時許願最靈了！

【主任用手摸安娜的大腿，安娜甩主任，主任緊緊抓著安娜的大腿。】

　　主任：在許願前，請允許我宣布一個消息。

　　師三八、趙娜：好啊好啊！

【師三八和趙娜鼓掌，然後爭著照鏡子。安娜甩主任的手，沒甩開。】

　　主任：因為安娜工作一貫勤奮認真，我決定提拔安娜做辦公室祕書，我的私人祕書！

　　師三八、趙娜：（精神不振）好啊好啊！

《安娜的心理諮詢》戲劇劇本全本

【師三八和趙娜鼓掌，繼續爭著照鏡子。安娜甩主任的手，沒甩開。】

　　主任：安娜，妳不高興嗎？

　　安娜：謝謝主任的賞識！（用力甩開主任）我一定努力工作，絕不辜負主任的信任！

　　趙娜：許個願吧，安娜！

　　師三八：快一點，我肚子早就餓得咕咕叫了！

　　安娜：許願？

【安娜用手摸李娜的大腿，李娜甩開安娜。】

　　李娜：許個願吧，安娜。

【怪鳥叫，眾人停止動作。黃鳥叫。安娜擺脫了之前的呆滯狀態，一下子變得很有活力。安娜閉上眼睛許願，然後一口氣吹滅了蛋糕上的蠟燭。眾人鼓掌。】

　　師三八：安娜，妳許的什麼願？

　　趙娜：現在說不好吧？

　　主任：沒事，安娜，說吧。

　　安娜：我許了三個願望。

　　師三八：那三個？說說。（她狼吞虎嚥的吃蛋糕。）

　　安娜：第一個，我祝願我們最親愛的主任和他新婚的小妻子幸福甜蜜，永享床第之歡！

　　主任：安娜……

【主任擁抱安娜。】

　　安娜：（小聲對主任）我希望妳的腳今天比明天更臭！

　　主任：啊！

　　安娜：（小聲對主任）這樣嫂子才會更喜歡！

主任：是啊是啊！

安娜：哈，每次妳用臭腳揉搓她的乳房，嫂子很快就能達到高潮！

【趙娜注意在聽，師三八尷尬的咳嗽。】

主任：安娜，妳怎麼知道這些！

安娜：哈，還有我不知道的事情嗎？

主任：安娜，妳喜歡我的臭腳嗎？

【停頓。師三八和趙娜注意的聽著。】

主任：安娜，一會去我辦公室吧。

安娜：嫂子會看到。

主任：我讓妳看一個寶貝，一個大寶貝……

安娜：不用。

主任：為什麼？

安娜：我，我不喜歡……

主任：妳，妳不喜歡？

安娜：想聽實話嗎？

主任：想啊。

安娜：主任，我不喜歡臭腳，事實上，辦公室所有人都不喜歡腳臭味。每次我們聞到腳臭味，都忍不住要吐……

主任：安娜，妳，妳……

師三八：（咳嗽）咳，咳……

李娜：哈哈，安娜，有意思！

安娜：我的第二個願望是，希望我們最親愛的大姐 —— 師三八女士早日找到如意郎君……

師三八：安娜……

安娜：師三八大姐一直很照顧我，從我上班的第一天起，就在工作和生活中給我不少幫助。要是沒有大姐的關心和溫暖，我一個人在北京還不知道有多孤單……

師三八：安娜……（哭）

安娜：可就是如此善良單純可愛又漂亮的師三八大姐，到了四十歲還沒有出嫁。這可真是男人的不幸啊！要知道，三八大姐每個月存下薪資的三分之二，作為自己將來出嫁的嫁妝。

趙娜：有多少錢？

安娜：十萬……

趙娜：嘿，才十萬。

安娜：美元！

趙娜：啊，十，十萬美金？

主任：三八，是真的嗎？

【師三八害羞的點點頭。】

安娜：要是那個男人娶了我們三八大姐，他馬上就能成為百萬富翁啊！

趙娜：真，真的啊。

安娜：妳還不相信我嗎？

趙娜：三三八，妳該早點告訴我啊！

師三八：我，我……

趙娜：（旁白）肥水不流外人田！三八，妳今天好漂亮啊！

師三八：真，真的嗎？

主任：（旁白）咳，咳，我要是單身就好了！

安娜：（對主任）做二奶也不錯啊！

主任：嗯，好主意。三八，一會去我辦公室一下！

師三八：（興奮的）好啊！

安娜：三八大姐，我真替那些男人感到遺憾，痛心，難過和悲憤……

師三八：安娜！

安娜：妳看，他們本來可以擁有一位漂亮有錢的妻子，能幹又會持家過日子，多金又善解人意，可那些男人們竟然瞎了眼，白白放棄了這個讓自己幸福的機會……

師三八：安娜，只有妳最懂我……

【擁抱安娜，把臉上鼻子上的蛋糕都抹在了安娜身上。】

安娜：所以三八大姐，我覺得妳現在做的很對。

主任：安娜，她做什麼了？

安娜：每天更換一個性伴侶。

趙娜：天啊，三八，妳……

主任：哇，三八，妳好開放啊！

安娜：怎麼，妳們，妳們都不知道嗎？

主任：不知道。

師三八：安娜，妳……

安娜：大姐，我沒想到是這樣……

主任：三八，沒想到妳還是個女唐璜啊！

師三八：主任，我，我……

主任：妳該早點告訴我們啊。

師三八：安娜，妳，妳……

安娜：怎麼，我說錯了嗎？

趙娜：（小聲）不管妳做什麼，三八，我都和妳在一起。下班後我送妳回家……

《安娜的心理諮詢》戲劇劇本全本

【趙娜拉住三八的手。三八哭。】

　　師三八：趙娜，還是妳最好！

　　李娜：哈哈，有點意思！

　　安娜：我的第三個願望是希望我們的趙娜身體早日好起來！

【趙娜轉過身子。】

　　師三八：趙娜怎麼了？

　　主任：他身體怎麼了？

　　安娜：大家可能不知道，我們的趙娜同事有鼻炎。

　　師三八：噢。

　　主任：沒什麼，我還有腳氣呢。不過大家都很喜歡我腳氣，尤其我的小嬌妻……

　　安娜：我們的趙娜同事還有咽喉炎、氣管炎、肺炎、胃炎、腎炎和腸炎，對了，趙娜還有前列腺炎。

　　主任：太可怕了！

　　師三八：啊，會不會傳染？

【師三八扔掉趙娜的手。】

　　安娜：放心，趙娜同事的前列腺炎是非病菌性的，完全不會傳染。

　　師三八：哎呀，嚇死我了！

　　主任：這就好，這就好！趙娜，妳怎麼不早點給我說呀！

　　趙娜：我，我……

　　安娜：是這樣的，主任。我們的趙娜同事一貫勤勞苦幹，任勞任怨，最近又一直在加班，為了提高做事效率，我們的趙娜同事坐在電腦前，十個小時都不去廁所！

　　師三八：膀胱好大啊！

主任：妳辛苦了！（握趙娜的手）

安娜：我們的趙娜同事坐在電腦前，一直在看黃色圖片……

趙娜：安娜，妳別瞎說！

安娜：我有瞎說嗎？主任，妳可以看下監視器裡的錄影。

主任：趙娜，妳太讓我失望了！

師三八：趙娜，妳真無恥！

【師三八打趙娜一耳光，師三八哭。】

趙娜：嘿嘿，主任，我只是工作勞累，偶爾看一下。

安娜：趙娜，妳一定要趕緊治療啊！

師三八：他又怎麼了？

安娜：因為趙娜同事的前列腺疾病，最後還導致了勃起困難……

師三八：啊？

主任：天啊……

安娜：還有陽痿和早洩。

主任：真是家門不幸啊，作為男人，我深表同情！

師三八：作為女人，我深表遺憾！

趙娜：這都是能治好，三八，妳給我時間！

安娜：他的男朋友就這樣離開了他！

師三八：男朋友？

主任：嘿嘿，他是個兔子，兔子！

趙娜：安娜──

主任：趙娜，沒想到妳還有這個癖好……

師三八：（哭）這也能治好嗎？

趙娜：安娜，妳，妳，妳……

《安娜的心理諮詢》戲劇劇本全本

安娜：怎麼，妳們都不知道嗎？

主任：第一次聽說。

安娜：對不起，趙娜，我還以為大家都知道⋯⋯

趙娜：三八，妳聽我解釋，聽我解釋啊！（他拉住她的手）

師三八：還解釋個屁！（她甩開他的手）

安娜：主任，為了工作，我們的趙娜同事才感染了疾病，我建議，授予趙娜同事『先進工作者』的稱號，薪資也該上漲兩級！

主任：應該，應該！

趙娜：謝謝妳，安娜！

安娜：別客氣，趙娜。

李娜：哈哈，安娜，妳要讓我笑破肚皮了。哈哈哈哈⋯⋯

【主任吹哨子。眾人待在那裡。師三八吹哨子。主任、趙娜和師三八三人聚在一起。】

師三八：可惡！

主任：可怕！

趙娜：可恨！

主任：她知道一切！

師三八：她知道我們的每個隱私！

趙娜：我要憤怒到極點了！

安娜：大家在一起工作就是緣分，我很珍惜和大家在一起的機會。所以我會竭盡全力的去了解大家，關心大家，我們是個群體，我們是一家人⋯⋯（指揮眾人唱）「我們是一家人，相親相愛的一家人⋯⋯」

眾人：（唱）「我們是一家人，相親相愛的一家人⋯⋯」

主任：她比老鼠還狡猾！

師三八：她比蒼蠅還討厭！

趙娜：她比蟑螂還可惡！

主任、趙娜、師三八：她知道一切，她知道一切！（停頓）

【主任撿起地上的繩子。】

安娜：最近工作量太大了，大家經常加班到深夜。主任，有時候我到凌晨三點還沒做完前天的工作，最後只能在辦公室眯上兩個小時，第二天又精神抖擻的去工作⋯⋯

師三八：是啊是啊，每天的工作量太大了！

安娜：照這樣下去，三八大姐又要一年不能出嫁！

師三八：沒事沒事，反正我還可以夜夜歡歌嘛。

安娜：要照這樣下去，趙娜的勃起之日就更遠了！

趙娜：沒事沒事，反正男朋友都跑了。

主任：要是妳們覺得工作辛苦，完全可以辭職不幹！（把杯子重重的放在桌子上。停頓）

趙娜：現在失業率這麼高，誰敢輕易辭職？

師三八：我喜歡加班，加班讓我不再想自己還沒出嫁的痛苦日子！

趙娜：我喜歡加班，加班讓我再也不用想不能勃起陽痿早洩的苦難日子！

師三八、趙娜：加班讓我找到了生活的意義！

安娜：我喜歡這個工作，這裡就是我的家！（停頓）

主任：哈哈哈哈⋯⋯我有個消息要宣布。（眾人面面相覷）妳們剛才說得也不是完全沒有道理，考慮到了大家工作的辛苦，我已經安排了新同事來減輕大家的負擔。

師三八：哇，太好了！

趙娜：真棒真棒！

《安娜的心理諮詢》戲劇劇本全本

安娜：早就該來新同事了！

主任：嗯？

安娜：嗯，我的意思是歡迎新同事，歡迎新同事！

【安娜轉身提起熱水壺，她往杯子裡倒開水。】

趙娜、師三八、安娜：歡迎新同事，歡迎新同事！

【安娜端著杯子，準備遞給新同事。】

主任：安娜，出來吧！

安娜：安娜？

【主任拽繩子，牽著新安娜來過來。新安娜還是人偶狀態，聲音空洞。】

新安娜：大家好，我叫安娜，請多多照顧。（屈膝行禮）

師三八：這下我們辦公室就有兩個安娜了！

主任：這是師三八。

新安娜：妳好，師三八。

師三八：妳好，安娜。

趙娜：可不是嘛。那我們以後怎麼叫她們呢？

主任：這是趙娜。

新安娜：妳好，趙娜。

趙娜：妳好，安娜。

主任：就叫大安娜和小安娜吧，妳說呢，安娜？

安娜、新安娜：（同時）好！（停頓）

主任：這是辦公室的祕書安娜。

新安娜：妳好，安娜。

安娜：妳好，安娜。（停頓。）

【怪鳥叫。眾人停在那裡一會兒。黃鳥叫。眾人動起來,新安娜一下子具有了人的活力,而安娜則陷入人偶的呆滯狀態,彷彿安娜的所有活力都被新安娜給吸走。安娜把杯子遞給新安娜。】

　　安娜:安娜,請喝水。

【安娜聲音空洞。眾人互相看了一眼。安娜把杯子遞過新安娜。】

　　新安娜:謝謝妳,安娜。

【新安娜沒伸手接杯子。杯子掉在地上,發出清脆的破碎聲音。眾人望著安娜。停頓。安娜蹲下來撿破碎的玻璃碎片。】

　　安娜:噢──

【安娜的雙手被玻璃碎片割破,雙手變紅。眾人盯著安娜。】

　　新安娜:安娜,妳沒事吧?

　　安娜:我沒事,安娜。

【安娜又要蹲下來撿玻璃碎片,新安娜把她拉開。】

　　新安娜:讓我來,安娜,讓我來。

【新安娜用掃帚掃走玻璃碎片。趙娜和師三八拉著安娜躺在小床上。小床像個棺材。主任把一塊白布搭在安娜的臉上,就像在死人臉上蓋上屍布。】

　　安娜:謝謝妳,安娜。

【燈變暗。】

第八場

【李娜跳到心理諮商室,他已經脫掉外套,穿一件緊身汗衫。一條鱷魚纏在他的脖子上,那只是個鱷魚玩具。李娜鼓掌,新安娜、主任、師三八和趙娜鞠躬。】

主任：怎麼樣？

李娜：妙，妙極了！

主任：謝謝！

【主任率領眾人再一次鞠躬。】

李娜：我好久都沒看到這麼精彩的演出！妳們是偉大的藝術家！

眾人：謝謝！

主任：親愛的朋友們，我們要暫時退場。不過我們還會再出現……

李娜：再見。

眾人：一會見。

【安娜的頭動了一下。李娜走到師三八和新安娜的中間，他伸出手，師三八和新安娜都充滿期待。李娜的手放在新安娜的大腿上。】

新安娜：噢！

【李娜把另外一隻手放在師三八的大腿上，師三八發出更大的聲音。】

師三八：噢！

【安娜迅速取下臉上的白布，她盯著李娜他們看。】

李娜：寶貝，一會兒結束後等著我。

師三八：好的

新安娜：我會等妳到天亮。

李娜：不見不散。

師三八、新安娜：不見不散。

【她們下場。安娜迅速的把白布放在臉上。李娜轉身，盯著安娜看了一會兒。】

李娜：寶貝兒，妳該醒了。

安娜：噢。

李娜：妳又睡著了。

【李娜拿掉安娜臉上的白布，李娜盯著安娜的臉。】

李娜：說說，妳夢見了什麼？

安娜：辦公室，主任，師三八，趙娜……對了，還有妳。

李娜：我？

安娜：對，我把手放在妳腿上，妳卻甩開我。

【安娜坐起來。】

李娜：是嗎？

安娜：我記得很清楚，妳甩開我三次。

李娜：挺有意思。（停頓）妳還夢見什麼？

安娜：沒了。

李娜：沒了？

安娜：是的。

【安娜坐在椅子上。】

李娜：嗯，妳就沒夢見什麼人，比如新同事什麼的。

安娜：沒有。

【李娜把一個杯子放在安娜面前。】

李娜：真的嗎？

安娜：真的。

李娜：妳有沒有夢見杯子什麼的？

安娜：沒有。

李娜：奇怪……

【李娜端起熱水壺，在安娜面前倒開水。】

安娜：奇怪？

李娜：我是說妳該夢見什麼。

安娜：比如說？

李娜：比如說妳的新同事。

安娜：新同事？

李娜：一個叫安娜的新同事。

安娜：哦。沒有。我沒夢見。

李娜：這樣啊。

安娜：就是這樣。

【李娜把杯子遞給安娜。安娜沒有接，安娜照鏡子。】

李娜：好吧，那妳告訴我，辦公室裡是不是還有一個同事，她名字也叫安娜？

安娜：是的。

李娜：她比妳晚來兩年？

安娜：我為什麼要告訴妳這些？

李娜：患者要絕對相信她的諮商心理師，這是治療成功的關鍵！

安娜：誰規定我是患者？誰規定妳是諮商心理師？

【李娜鬆開手，水杯掉在地上，玻璃破碎的聲音。停頓】

李娜：安娜，是妳來我的心理諮商室尋求幫助！

安娜：尋求幫助？

李娜：妳知道妳病得不輕。

安娜：哈，我有病？

【李娜蹲下來。】

李娜：妳有可怕的病，瘋狂的病，妳比誰都清楚。

安娜：如果妳比我還瘋狂，我怎能期望妳治好我的病？

李娜：安娜，妳這樣說，可就太沒意思了。

【李娜撿玻璃杯碎片，雙手被玻璃碎片劃破，雙手變紅。】

李娜：噢。

【安娜坐下來，點燃香菸。】

安娜：況且，如果妳目的邪惡，我還怎麼敢說出我的故事？

李娜：安娜——

【李娜把玻璃杯碎片摔在地上。】

安娜：故事總是最重要的。妳知道了我的故事，也就知道了我的所有祕密，然後妳就能輕易找到我的命門，為所欲為，不是嗎？到那時候我就是妳待宰的羔羊，而妳是舉著砍刀的屠夫……

李娜：安娜，妳在說什麼啊？

安娜：李娜，不要忘記我畢業於北大，大學的時候我選修過心理學、符號學、犯罪學和精神分析學。妳會發現，我比妳想像得要更聰明一些。

李娜：哈。

安娜：妳笑什麼？

李娜：哈哈。

安娜：妳在笑什麼？

李娜：安娜，妳確實聰明，妳一定聽說過那句話。

安娜：什麼？

李娜：聰明反被聰明誤！

【李娜走到安娜面前，把她的手放在自己的大腿上。】

安娜：是嗎？

李娜：安娜，看著我的眼睛，妳說我能欺騙妳嗎？

安娜：噢！

【李娜把安娜攬在懷裡。】

李娜：我的乖乖，可憐的小乖乖，妳受了那麼多苦，別人總是欺負妳，把妳踩在腳下……所以妳對人充滿戒心。這是對的。但是沒必要對我充滿戒備！

安娜：李娜……

李娜：噓，相信我，安娜，妳一定要相信我！（親吻安娜）

安娜：這是夢嗎？

李娜：這比夢要更精彩。

【傳來雷聲，然後就是風雨聲。李娜盯著安娜。他把安娜手上的香菸拿過來，吸了一口，然後噴在安娜臉上。】

安娜：這是愛情嗎？

李娜：比愛情更迷人。

安娜：也更狂亂。

李娜：妳不喜歡嗎？

安娜：我喜歡。（他們倒在地上，安娜吸一口香菸，然後噴到李娜臉上）它會有多長？

李娜：比妳的夢要長。

安娜：比婊子接待嫖客的時間還長嗎？

李娜：比一輩子的回憶都要長。

安娜：妳是神嗎？是天使嗎？妳是魔鬼嗎？是君子嗎？是暴徒嗎？是哲人嗎？是凡夫俗子嗎？

【眾人製造雷聲。】

　　李娜：我是一切，可又什麼都不是。

【眾人製造雨聲。】

　　安娜：說這些有什麼用，有什麼用……

　　李娜：安娜，妳的故事打動了我，瞧，我的眼睛哭得通紅。男子漢大丈夫，有淚不輕彈。可為什麼要壓抑自己呢？妳的故事打動了我，妳是個悲劇人物，我也是。聽著妳的故事，就彷彿在聽我的故事。妳彷彿就是我，就是三年前那個不懂事脾氣臭陷入絕境的我自己。安娜，有時候我感覺妳就是我，我就是妳，我們是切成兩半的蘋果，被撕開的連體嬰兒……安娜，我可憐妳，也就在可憐我自己……

　　安娜：李娜，我可憐妳，也就在可憐我自己……

　　李娜：有時候我都懷疑妳是不是不存在，也許妳只不過是我腦子裡蹦出來的什麼玩意，也許這一切只不過是個鬧劇，我們不過是別人的開心果，惹人發笑的怪物……【李娜走到桌子旁，把一個杯子放在安娜面前，他端起熱水壺給安娜倒水。】

　　安娜：我是小丑，妳是逗引小丑出醜發笑的玩意……

　　李娜：我們什麼都不是，可憐的安娜，我們什麼都不是……

【李娜把水杯遞給安娜。安娜接過水杯，一口氣喝完，水順著安娜的脖子流到地板上。安娜被嗆住了，安娜咳嗽。怪鳥叫。】

　　李娜：好了，現在說說安娜吧，妳的新同事，安娜小姐。

　　安娜：為什麼要談她？

　　李娜：她很重要。

　　安娜：比我重要嗎？

　　李娜：幾乎和妳一樣重要。

安娜：噢，我希望妳多問關於我的問題。

李娜：放心吧，安娜寶貝，問完她的問題，我就問妳的。妳也知道，最重要的問題總是放在最後。

安娜：真的嗎？

李娜：我的話妳還不信嗎？

安娜：妳發現對安娜這個名字很感興趣。

【甲吹哨子，李娜和安娜逐漸變得呆滯。】

李娜：我對所有名字都感興趣。名字總是很重要，不是嗎？沒有名字就沒有臉孔。

安娜：沒有臉孔就沒有身分。

李娜：沒有身分就沒有靈魂。

安娜：沒有靈魂就沒有自由。

李娜：沒有自由就只能是奴隸，是玩偶！

【一群被綁著的瘋子扮演人偶，他們動作輕緩中卻有一種悲哀。】

安娜：我做奴隸太久，再也不想做玩偶……

李娜：誰不是玩偶，誰不是玩偶！

安娜：我是他們的玩偶。

李娜：他們是黑衣人的玩偶。

安娜：黑衣人又是劇作家的玩偶。

李娜：劇作家又是某個神祕靈感的玩偶。

安娜：神祕靈感又是某個神靈的玩偶。

李娜：某個神靈又是主神的玩偶。

安娜：主神又是混沌之神的玩偶。

李娜：混沌之神又是某個黑洞的玩偶。

安娜：某個黑洞又是某個虛無的玩偶。

李娜：某個虛無又是存在的玩偶……

安娜：存在又是虛無的玩偶！

李娜：告訴我除了虛無，還有什麼，還有什麼……

安娜：說這些有什麼用？有什麼用？

眾人：說這些有什麼用？

乙：就光讓妳們談哲學了！

甲：故事，觀眾要看故事！

【停頓。瘋子們大喊大叫，胡蹦亂跳。甲乙上場，用鞭子把瘋子們趕下場。】

甲：故事，觀眾要看故事！

【甲吹哨子。安娜和李娜具有人的活力。）

李娜：那好，我們就談有劇情的。

安娜：好的。

李娜：我猜妳一定恨她。

安娜：誰？

李娜：安娜。（停頓）

安娜：妳恨李娜嗎？

李娜：什麼？

安娜：妳恨叫李娜的人嗎？

李娜：我不明白妳的意思。

安娜：叫李娜的人有很多。我知道有個歌手叫李娜，後來在美國出家做尼姑，還有一個網球女選手也叫李娜，她在澳網公開賽女單比賽中打進了四強。生活中那些不知名的李娜更不知道有多少，告訴我，妳恨她們嗎？

李娜：噢。

《安娜的心理諮詢》戲劇劇本全本

安娜：怎麼樣，我親愛的諮商心理師，您說不出話了嗎？

李娜：安娜，我們正在討論安娜而不是李娜這個名字！

安娜：所以？

李娜：所以提出問題的只該是我，也只能是我！（抓著安娜的肩膀）妳似乎一直沒認清現狀！（把安娜推到在地）再也沒見過比妳更固執的患者！

安娜：再也沒見過比妳更古怪的諮商心理師！

李娜：妳說什麼？

【甲吹哨子。】

安娜：安娜是個好名字，我喜歡一切叫安娜名字的人。看到她們，我就彷彿看到了我自己。

李娜：是嗎？

【甲吹哨子。兩人呆住。怪鳥又叫，然後安娜和李娜慢慢有點呆滯。】

安娜：辦公室裡的安娜是個好女孩。我沒理由不喜歡她。我們的容貌差別很大。她的眼睛像草莓，我的像綠豆；她的眉毛像彎月，我的像鐮刀；她的嘴唇就像紅櫻桃，我的就像黑芝麻糊，她的臉蛋像蘋果，我的像黑炭……

李娜：她的腰身像細柳枝，我的像圓木桶；她的乳房像鴿子，我的像麻雀；她的屁股像海綿，我的像土地。

安娜：她是我最親密的朋友，也是我最好的姊妹。

李娜：她是我的競爭夥伴，也是我最痛恨的人。

安娜：我們共用一個辦公桌。

李娜：每次我抬頭看到的總是『李娜李娜』……

安娜：她的臉整天都在我面前晃個不停。

李娜：如果她是『李娜』，那我又是誰？……

安娜：噢，我總要想一會才明白。

李娜：我是李娜。

安娜：她也是李娜。

李娜：我們都叫李娜。

安娜：我們共用一個名字。

李娜：可是叫這個名字的卻有成千上萬的人。

安娜：每次我都要想一想，然後才恍然大悟。

李娜：等我想明白我和另一個李娜的聯繫和區別時，

安娜：時間已經過去好久了。

李娜：這樣十分影響工作，降低做事的效率。

安娜：而分派給我的工作又那麼多，我真不知道該怎麼辦才好……

李娜：我的工作是那麼重要……

安娜：不管我多努力，多聰明。

李娜：我的工作總會出現各式各樣的差錯。

安娜：我送給主任的文件總缺少最重要的一頁。

李娜：辦公室主任喊『李娜去開會』，我總會想一會才明白那是在叫我。

安娜：可等我跑到會場，會議已經開始了十分鐘。

李娜：辦公室主任不斷找我談話，

安娜：說我最近糟糕極了，總是犯下各種低級錯誤。

李娜：主任甚至威脅我要是還像這樣，我很快就會被解僱。

安娜：我知道他是好意。

李娜：可是我還是忍不住哭了。

安娜：可是我還是忍不住哭了。

【安娜和李娜抱在一起。他們像人偶那樣哭著。】

第九場

【燈光變暗。主任、師三八、趙娜和新安娜上場，他們擺上辦公室道具，然後努力扯開安娜和李娜，他們把李娜拉到（或者搬到）右側的小舞臺上。安娜站在那裡，新安娜用安娜的頭髮遮蓋住安娜的臉孔，然後慌忙跑到舞臺左側。怪鳥叫，燈光變亮。眾人都活起來，只有安娜還如人偶般呆滯，李娜還在昏睡。主任赤腳，師三八和趙娜捏著鼻子。主任把腳放在鼻子前，用力的嗅了嗅。】

　　　　主任：香，好香啊——

　　　　眾人：香，好香啊！

【眾人捂著鼻子。怪鳥叫。】

　　　　師三八：安娜——

　　　　趙娜：安娜——

　　　　主任：安娜——

【新安娜跑上舞臺，他們尖叫著擁抱。】

　　　　師三八：安娜，妳昨天沒上班，我都想死妳了！

　　　　趙娜：安娜，沒有妳，辦公室裡乏味沉悶無聊透頂。

　　　　主任：安娜，沒有妳，我的身體很不舒服！

　　　　新安娜：謝謝大家的牽掛。

　　　　主任：（小聲對新安娜）墮胎順利嗎？

　　　　新安娜：（小聲）還好。

　　　　主任：（握著新安娜的手）安娜，妳受苦了！

　　　　新安娜：主任，我願為妳做任何事！

【新安娜聲音很大，趙娜和師三八尷尬的看著新安娜和主任，他們呆立在那裡。】

安娜：哈哈哈哈……

【停頓。甲吹哨子，眾人動起來。】

趙娜：安娜，閉上 ──

師三八：快閉上眼睛 ──

【新安娜閉上眼睛。主任、師三八和趙娜拿出蛋糕，唱著《生日快樂歌》。他們碰到安娜，安娜像人偶那樣搖擺，安娜幾乎倒下，但她還是努力的站著。主任、師三八和趙娜圍著新安娜。他們的聲音有點變形。】

主 任、 師 三 八、 趙 娜：（唱）Happy Birthday to you! Happy Birthday to 安娜！安娜，生日快樂！

新安娜：妳們怎麼知道今天是我生日？

主任：安娜最近都在加班，可憐的孩子累壞了！

趙娜：要不是主任提醒，我們都想不起來！

師三八：就算是親爹親娘忘了，主任也會記得我們的生日！

主任：安娜是我們辦公室最優秀的員工，我怎麼會忘記她生日呢？

【主任碰了碰安娜，安娜搖晃著幾乎倒下。主任用手摸新安娜的大腿。】

新安娜：大家這麼關心我，我，我……（哭起來）

趙娜、師三八和主任：安娜！

安娜：哈哈哈哈……

【停頓。眾人尷尬的立在那裡。甲吹哨子。新安娜從口袋裡掏出禮物，她碰到安娜，安娜搖晃著幾乎倒下。安娜努力保持站立。新安娜送禮物給眾人。】

新安娜：這是送給大家的禮物！

趙娜：啊，印度神油！

新安娜：趙娜，有了這個，妳就能夜夜歡暢到天明！

趙娜：安娜我的好安娜！

【趙娜擁抱新安娜。趙娜碰到安娜，安娜搖擺著身體幾乎倒下，安娜努力保持站立。】

安娜：哈哈哈哈！

【眾人呆在那裡。李娜呆滯的從舞臺右側下來，他拉著安娜跳舞。甲吹哨子，眾人動起來。】

新安娜：三八大姐，這是給妳的！

【新安娜遞給師三八一個女性自慰器。】

師三八：安娜，這怎麼好意思呢？

新安娜：男人都靠不住，我的高潮我做主！

師三八：安娜我的好安娜！

【師三八擁抱新安娜。師三八碰到安娜，安娜搖擺著身體幾乎倒下，安娜努力保持站立。】

安娜：哈哈哈哈！

【眾人呆在那裡。李娜和安娜繼續跳舞。甲吹哨子，眾人動起來。新安娜遞給主任一根鞭子。】

新安娜：尼采說過，見女人時，一定要帶上鞭子！

主任：安娜——

新安娜：嫂子一定喜歡。

主任：（小聲）妳喜歡嗎？

【師三八和趙娜偷聽他們談話。】

新安娜：（大聲）妳喜歡的我就喜歡！

主任：安娜，告訴妳一個消息。

新安娜：主任，說吧。

主任：我，我的腳味更臭了，一定能熏倒十層高的樓房！

新安娜：真的嗎？

【新安娜嗅主任的腳】

主任：怎麼樣？

新安娜：嗯，是以前的十倍！

主任：安娜，妳不喜歡嗎？

新安娜：不，我喜歡，超級喜歡！（親吻主任的腳）

主任：安娜我的好安娜！

【主任抱著新安娜跳舞，主任不斷展示他的臭腳。趙娜和師三八看著他們，表情古怪。主任和新安娜碰到安娜和李娜，幾乎把他們撞倒。安娜和李娜努力保持站立。】

安娜：哈哈哈哈！

李娜：哈哈哈哈！

主任：跳舞，跳舞！

【主任邊揮動鞭子邊和新安娜跳舞。趙娜和師三八也開始跳舞。李娜還和安娜跳舞。新安娜跑過去，推開李娜，她和安娜跳舞。安娜推開新安娜，繼續要李娜跳舞。主任甩動鞭子。】

主任：跳舞，跳舞——

新安娜：安娜——

安娜：哈哈哈哈！

李娜：哈哈哈哈！

新安娜：安娜，安娜——

安娜：哈哈哈哈⋯⋯

主任：跳舞，跳舞——

【新安娜衝過去，拉開李娜，她和安娜一起跳舞。安娜推開新安娜，繼續和李娜跳舞。新安娜衝過去，拉開李娜，又和安娜跳舞。安娜和新安娜撕扯著。】

安娜：哈哈哈哈⋯⋯

【師三八、趙娜和主任拉走（或抬走）李娜，把他放在右側舞臺的木馬上。木馬晃動起來。新安娜拉著安娜跳舞。】

新安娜：安娜，安娜——

安娜：哈哈哈哈⋯⋯

【她們旋轉著倒地。】

安娜：哈哈哈哈！

主任：我有個消息要宣布。

【眾人望著主任。新安娜從地上站起來，安娜從地上爬起，又摔倒在地。】

主任：考慮到我們辦公室裡的人員臃腫，人浮於事，我準備從辦公室裡辭退一名員工！

趙娜：天啊天啊！

師三八：這可怎麼辦？

【安娜從地上爬起，又摔倒在地。】

新安娜：這是個壞消息。

趙娜：主任，我為了工作染上了重病，妳可不能讓我走啊！

師三八：主任，我在辦公室裡做牛做馬了二十年，要是辭退我，我，我就去跳樓！嗚嗚⋯⋯

【安娜從地上爬起，又摔倒在地。】

　　新安娜：這也是個好消息。主任，我剛來辦公室，要辭就辭我吧！

【眾人呆望著新安娜。安娜從地上爬起，她站了起來。黑髮遮蓋著她的臉孔。】

　　師三八：嗯，安娜的話有道理……

　　趙娜：主任，可以考慮考慮……

　　主任：安娜，我不讓妳走！

　　師三八：對，安娜，我們不讓妳走！

　　趙娜：安娜，妳留下來，還是讓我走吧！

　　主任：好，好，好！

　　師三八：好呀好呀！

　　趙娜：嘿嘿，我給大家開了個玩笑！安娜，我不走，我也不讓妳走！

　　師三八：我不讓妳走！

　　主任：我不讓妳走！

【他們抱住新安娜。】

　　李娜：哈哈哈哈！

　　安娜：哈哈哈哈！（停頓。眾人呆在那裡。安娜在他們面前鬼魅般的走過。甲吹哨子，眾人動起來。）

　　主任：我們投票決定誰走！

　　趙娜：這很民主也很科學！

　　師三八：這樣誰也不會有意見！

　　趙娜、師三八：投票，我們要投票！

【眾人坐了下來，安娜在主任面前放個玻璃杯。】

　　主任：同意我辭職的請舉手！

【趙娜舉手。】

主任：嗯？

趙娜：啊，對不起，搞錯了搞錯了！

【趙娜慌忙放下。安娜在趙娜面前放個玻璃杯。】

主任：嗯。同意趙娜辭職的請舉手！

【師三八舉手。】

趙娜：師三八，妳，妳——

師三八：啊，對不起，搞錯了搞錯了！

【師三八放手。安娜在師三八面前放個玻璃杯。】

主任：同意師三八辭職的請舉手！

【安娜舉手。安娜在新安娜面前放個玻璃杯。】

主任：嗯，沒有人。同意新安娜辭職的請舉手！

【新安娜舉手。安娜在自己的座位前放個玻璃杯。】

主任：嗯，沒有人。同意老安娜辭職的請舉手！

【主任、師三八和趙娜舉手。】

主任：嗯，全票透過。同事們，結果出來了，我們全體一致同意，准許老安娜同事辭去工作，她的祕書職務也由新安娜同事繼任！這個決議從現在開始生效！讓我們鼓掌對新安娜同事表示祝賀。

【眾人鼓掌。怪鳥叫。新安娜變得呆滯起來，安娜變得有活力，她分開頭髮，她的臉孔顯現在觀眾面前。安娜拿著熱水壺，來到眾人面前。】

李娜：哈哈哈哈！

新安娜：離開的應該是我！

主任：安娜，妳說什麼啊？

【安娜往主任面前的玻璃杯裡倒熱開水。】

　　新安娜：我剝奪了安娜的一切，這不公平！

　　主任：這個結果是我們投票選出來的！

　　師三八：安娜，妳別傻了！

【安娜給師三八面前的玻璃杯裡倒熱開水。】

　　主任：嘿，安娜給我們開玩笑！嘿嘿！

　　師三八：嘿，安娜妳真會開玩笑，嘿嘿！

【師三八擁抱新安娜。】

　　趙娜：嘿，安娜妳真幽默，嘿嘿！

【安娜給趙娜面前的玻璃杯倒熱開水。】

　　趙娜：謝謝妳，安娜！

　　安娜：妳在說誰？

　　趙娜：我在說妳，安娜。

　　安娜：妳在說我嗎？

　　趙娜：我在說妳，安娜。我在說，『謝謝妳，安娜！』啊——

【安娜把熱水壺的開水倒在趙娜的胳膊上。趙娜跳起來，他的胳膊上腫起個大包。大包就像個吹大的安全套。趙娜原地轉圈，就像追逐自己尾巴的小狗。】

　　師三八：天啊，天啊！

【師三八站起來，走到趙娜面前。】

　　趙娜：安娜——

　　師三八：趙娜——

【師三八擁抱趙娜。】

趙娜：狠毒的安娜——

師三八：可憐的趙娜——

【師三八擦拭大包，『砰』的一聲巨響，大包破成碎片。】

趙娜：師三八，妳，妳——

【趙娜端起面前的玻璃杯，朝師三八臉上潑去。】

師三八：啊——我的臉，我的臉——

【師三八的臉上起了包。辦公室一片迷霧，然後傳來「乒乒乓乓」的聲音。】

主任：安娜，走，我們走！

【主任拉著安娜出來，主任摔倒。安娜手裡還提著熱水壺。】

主任：安娜，怎麼是妳？

安娜：為什麼不是我？

主任：安娜，安娜——

安娜：我在這裡，我就在這裡——

【安娜對著主任的腳，舉起了熱水壺。】

主任：安娜，我對妳沒惡意，是他們要妳離開的，是他們！

安娜：現在說這些妳不覺得太晚了嗎？

主任：安娜，妳可不要做傻事啊！

安娜：為什麼不呢？

【安娜把熱水壺裡的開水澆在主任的大腳上。】

主任：安娜，啊，安娜——

【李娜在睡夢中笑。】

李娜：哈哈哈哈……

　　主任：安娜，妳這個瘋婆娘！妳等著，等著我和妳算帳！安娜，妳死定了！

　　李娜：哈哈哈哈⋯⋯

【師三八走到主任面前。】

　　主任：妳做什麼？妳做什麼？

　　師三八：妳知道我要做什麼。

【師三八去拽主任的哨子和鞭子。】

　　主任：妳敢犯上作亂？

　　師三八：風水輪流轉，三年河東，三年河西。誰規定妳是主人永遠高高在上？（她拽走哨子）誰規定我是奴隸永遠被妳蹂躪踐踏？（她拽走鞭子）

　　主任：三八，求妳給我留下鞭子。

　　師三八：好的，這可是妳要的。

【師三八用鞭子抽主任，主任慘叫。燈暗。】

第十場

【辦公室布置成廣場造型。乙站在右側舞臺上，她揮舞著鞭子，指揮甲丙丁站在廣場前演唱。】

　　甲丙丁：（唱）安娜安娜，殺人放火的惡安娜，

　　安娜安娜，妳犯下了滔天罪行，

　　安娜安娜，妳澆滅了父母的希望，

　　安娜安娜，妳給父老鄉親臉上摸黑。

　　安娜安娜，帶給我們榮譽的好安娜，

　　安娜安娜，帶給我們厄運的壞安娜！

《安娜的心理諮詢》戲劇劇本全本

【伴隨著歌聲，安娜和新安娜上。京劇的音樂響起。安娜在前面跑，新安娜在後面追趕。安娜手裡提著金棒，新安娜手裡提著雙劍。安娜是孫悟空造型，新安娜是白骨精造型，她們表情呆滯，還是人偶狀態。李娜操縱著安娜，甲操縱新安娜。乙甩動鞭子，李娜和甲操縱著安娜和新安娜打鬥。隨著乙節奏的變化，李娜、甲、安娜和新安娜的節奏也隨之變。如果情況允許，李娜、甲可以帶領眾人操縱安娜和新安娜。或者李娜和甲操縱真實的人偶，安娜和新安娜則在他們一旁打鬥，她們的動作和人偶的動作一致。】

乙：哈，多年的媳婦熬成婆，我終於翻身做了主人！這是個美妙的開始，希望我能一直高高在上⋯⋯

甲：哈哈哈哈⋯⋯

【乙抽甲一鞭子。】

乙：縫上，給我縫上他的嘴！

【丙丁縫上甲的嘴。】

乙：哈，潦倒的老頭，妳還能說話嗎？這就是和我作對的代價。哈，真沒想到，有一天我也能成王，作威作福的感覺太好了，所有人都對我垂首聽命，就好像我是命運女神。我就是命運女神啊，我決定一切。這一切都像夢⋯⋯

【乙指揮李娜和甲操縱安娜和新安娜的打鬥。】

乙：這一切真像夢⋯⋯（拿頒布詞本）對不起，我忘記臺詞了。哈，剛做上老大的位置，他的臺詞我還不熟。不過沒關係，親愛的朋友們，妳們一定會原諒我的。（怪鳥叫）嗯，嗯，我還是廢話少說吧，繼續念我的臺詞吧。（誇張的舞臺腔）嗯，夢是最好的朋友，也是我們真實的伴侶，再也沒有比夢更忠誠的伴侶。家人會背叛妳，戀人會背叛妳，朋友會背叛妳，孩子

會背叛妳，夢卻永遠不會背叛妳！妳的夢屬於妳，沒有人能夠搶走。我的夢
則屬於大家，永遠屬於大家……

【眾人也拿出自己的臺詞本。】

甲：啊……

李娜：夢是最好的演員。

丙：夢是最好的演出。

丁：夢是最好的戲劇。

乙：我最親愛的朋友，我把我的夢呈現給妳，只為博得妳千金一笑……

甲：啊啊……

李娜：我很高興，我總是能夠睡著，還能做夢，各種奇怪的夢。

丙：我的夢是最好的戲劇演出！

丁：比妳們現在看到的要好上一百倍，要好上一百倍！

乙：有時候我夢見自己參加考大學，很簡單的一道數學題，一加二等於
幾。我抓耳撓腮，怎麼都想不出答案。妳能告訴我答案嗎？

丙：妳能嗎？親愛的觀眾朋友……

甲：啊啊啊……

李娜：有時候我夢見自己放火燒了都市，身後的人群追趕我，我跑啊跑
到山上，可前面就是懸崖，後面又是追兵，我該怎麼辦？

丁：我親愛的觀眾朋友們，我該怎麼辦？……

李娜：就是在剛才我還夢見在一個紅色的辦公室裡，我和一個黑頭髮的
女人跳舞……

甲：啊……

乙：我帶著她轉了一圈又一圈。

李娜：她的狐臭讓我無法呼吸。

乙：她的口臭讓我窒息。

李娜：她的腳臭讓我無力……

甲：啊……

丙：我滿心歡喜。

丁：她美得像團稀泥。

乙：正是我的女神阿姨……

【怪鳥叫。乙做了個開始的動作。安娜和新安娜開始了對話，她們還是人偶狀態。】

新安娜：站住！

安娜：讓開！

新安娜：跟我回去！向主任道歉！

安娜：滾回妳的老鼠窩去，少在我面前叫囂！

新安娜：殺人償命，欠債還錢。做錯事就要受懲罰！

安娜：我厭惡妳們虛假的臉孔，我厭惡主任無聊的訓話，我不想做奴隸，我要自由，自由，妳懂嗎，蠢鵝安娜？

新安娜：呆雞安娜，哪裡會有自由的世界？自由只是烏托邦幻想，專門欺騙三歲小孩。

安娜：我不要妳管，不要妳管！

新安娜：任何世界都沒有絕對自由，這絕對是個真理！

【乙做了個停止的動作，安娜和新安娜重新陷入呆滯狀態。】

乙：在大都市，有多少靈魂在哭泣……

甲：啊啊……

李娜：人們痛苦是因為他們不明白自己的心理。

丙：她們對金錢、工作、性愛和孩子可能很在行。

丁：但對於自己的心理卻比海底世界還要陌生。

乙：她們說的和她們真實想的往往是兩回事……

甲：啊啊啊……

李娜：並不是所有人都明白自己的真實欲望。

丙：大部分人都過得渾渾噩噩。

丁：混混沌沌。

甲：啊……

乙：她們口是心非。

李娜：心口不一。

丙：一會說東。

丁：一會說西。

甲：啊。

乙：一會舞廳。

甲：一會唱戲。

丙：一會撒尿。

丁：一會放屁。

甲：啊。

乙：他們一會舔別人的屁眼。

李娜：一會又讓別人嚙住自己的乳頭……

甲：啊。

乙：再也沒有比患者善變的人了……

李娜、丙丁：再也沒有比患者善變的人了……

【乙做了個開始的動作，繼續指揮李娜和甲操控安娜和新安娜。】

安娜：我要飛，飛！

新安娜：認清現實吧，我們都被剪斷了翅膀！

安娜：飛，飛，飛到太陽上！

新安娜：烏鴉安娜，妳叫得再厲害也不會變成鳳凰！

安娜：飛，飛，飛到月亮上！

【乙做了個停止的動作。甲乙、安娜和新安娜待在那裡。乙讓甲和李娜走開，甲和李娜鞠躬離開。安娜和新安娜自己做動作，她們動作呆滯。】

新安娜：這個世界就是這樣，弱肉強食，強權才是公理！妳一個柔弱的小女孩還能逃到哪裡去？走到外面，妳就會被野狼吃掉！她吞下妳連骨頭都不吐，她把妳賣了，妳還會幫她數錢……

安娜：給妳的小白臉說去吧。安娜壞安娜，妳這個兩面三刀的傢伙，狗才相信妳的鬼話……

新安娜：安娜，我的好安娜，跟我回家吧，我會照顧妳一生，我保證！

安娜：在妳手下生活還不如被關在囚牢！跟妳回去只有死路一條，妳轉手就會把我賣給警察局，去向妳的辦公室主任老爹爹邀功請賞！

新安娜：狗咬呂洞賓，不識好人心。良心讓狗吃了的東西，只會把人家的好心當成驢肝肺！

安娜：每天中午妳都到辦公室主任那裡服務，妳舔他的屁眼他可是爽極……『要想人不知，除非己莫為』，壞心肝安娜，妳一心只想往上爬，我看透了妳的心！

新安娜：辦公室主任是我們的父輩……

【乙做了個停止的動作，安娜和新安娜停止。】

乙：所以，哲人蘇格拉底才說出『認識妳自己』的名言。

甲：啊。

李娜：英國最權威的心理學家佛洛伊德教授。

丙：一個著名的精神病患者。

丁：的最新研究成果表明。

乙：患者之所以生病。

甲：啊。

李娜：就是因為她們不了解自己。

丙：不明白自己潛藏的真實欲望。

丁：在道德、文化、文明、法律和禁忌等的禁錮下。

乙：患者往往掩蓋內心真實的欲望。（扔掉臺詞本）

李娜：害怕表達真實欲望會帶給自己巨大傷害……（扔掉臺詞本）

甲：（旁白）所以我假裝不會說話。（扔掉臺詞本）

丙：這是現代社會的弊病。（扔掉臺詞本）

丁：所以我們周圍的患者日漸增多……（扔掉臺詞本）

【乙重新指揮安娜和新安娜。黃鳥叫。安娜和新安娜獲得人的活力。】

新安娜：辦公室主任是我們的父輩，他為了工作鞠躬盡瘁，染上了嚴重的痔瘡，我給像父親那樣的長輩服務有什麼過錯？！要知道，給長輩減輕痛苦帶來歡樂正是孝道的最基本要求……

安娜：呸，好個認賊作父的無恥小人，上帝造出妳這樣的壞人都會哭瞎雙眼，太陽看見妳就會閉上眼睛，月亮看見妳就遮上面紗……妳要是懂得絲毫的禮義廉恥，也不會如此顛倒黑白，善惡不分……

新安娜：閉上妳的狗嘴！醜八怪安娜，妳在嫉妒我，我來的第一天妳就開始嫉妒我，到了今天妳的嫉妒更是成了瘋狂，對此我一清二楚！

安娜：我就是嫉妒毒蛇也不會嫉妒妳，黑心肝安娜！

新安娜：我理解妳，所以我並不怪妳。我願意和妳做好朋友，一輩子的好朋友，或者好姊妹也行，我一直想有個像妳這樣的好姊妹……

安娜：妳以為我是三歲小孩？妳以為妳的糖衣炮彈能打中我？讓我成為妳的朋友，讓我做妳的姊妹，還不如讓我去死！哈哈哈。妳要讓我笑掉大牙！

新安娜：無恥小安娜，給妳臉妳不要臉，不要敬酒不吃吃罰酒啊！要是不跟我回去，有妳好瞧的！

安娜：無恥嬌娃，少來狡辯！妳就是說得天花亂墜，可是妳的嘴還是臭的，妳每天舔辦公室主任屁眼三次……

新安娜：我可不能放任妳墜入深淵，我要挽救妳，即使使用暴力我也在所不惜！

安娜：妳是辦公室的無恥叛徒，只會在主任那裡撒嬌、舔屁眼和告密！

新安娜：我恨死妳了，今天我和妳拼了！

安娜：別走，吃俺安娜一棒！

【乙指揮她們打起來。李娜、甲和丁站在一旁。丙戴上陰陽頭假髮，腳上穿著三寸金蓮的鞋套。】

甲丁：安娜加油，安娜加油！

新安娜：妳們在說誰？

甲丁：加油安娜，加油安娜！

安娜：他們在說妳，安娜。

新安娜：（對甲丁）妳們在說我嗎？

【甲丁沒說話。】

新安娜：（對甲丁）妳們在說我嗎？

【安娜把新安娜打倒在地。】

新安娜：安娜，妳真狡猾！

【安娜朝新安娜打去，甲丁架住安娜的金棒，他們救走了新安娜。】

　　新安娜：安娜，妳等著，我們一定會抓住妳的，整個世界都在我們手中！

【甲丁和新安娜離開。】

　　安娜：我遺失了另一個安娜，一個一起陪伴自己長大的玩伴，一個鬼鬼祟祟的偷窺者，一個可惡的跟蹤者，一個惡毒的監督者，一個讓人痛恨的騙子，一個心象，一個幻影，一輪水中月，一朵鏡中花，一條狡猾的伊甸園裡的蛇，一條恩將仇報的中山狼，一個孫悟空打不敗的六耳獼猴王……

　　乙：這是最壞的時代，也是最好的時代。

　　甲：啊。

　　李娜：這麼多的患者，正是我們諮商心理師大顯身手的絕好時機。

【李娜閉上眼睛睡起來，鼾聲。安娜哭起來，丙扮安娜的奶奶，站在舞臺左側，安娜娜也來到她身邊。乙牽出奶奶。】

　　安娜：啊，整個世界都被他們包圍，我該去哪裡？我該去哪裡？有人嗎？（跪下對天祈求）啊，啊 —— 有誰在這裡？有誰聽到我呼喊？上帝，菩薩，佛祖，真主，宙斯，不管是誰，只要妳們聽到我呼救……有天使嗎？有魔鬼嗎？有人嗎？……

【奶奶走到安娜面前。怪鳥叫。奶奶具有人的活力。】

　　奶奶：不要怕，安娜。

　　安娜，不要怕。

　　安娜：妳是誰？告訴我，妳是誰？

　　奶奶：我是妳奶奶。

　　安娜：奶奶？

　　奶奶：妳沒見過面就死去的奶奶。

【安娜愣了一下，然後撲到奶奶懷裡。乙從舞臺另一側牽出安娜娜。】

安娜：奶奶，奶奶 ——

奶奶：安娜，我的好安娜！

【怪鳥叫。安娜娜具有人的活力。】

安娜娜：安娜，不要怕。

安娜：妳是誰？

安娜娜：我是安娜娜。

安娜：安娜娜？

【安娜撲到安娜娜的懷裡。】

安娜：安娜娜，我犯了罪。

奶奶：不要怕，孩子！

安娜：他們一定會抓住我絞死我的！

安娜娜：他們抓不到妳。

安娜：奶奶，爸爸媽媽會失望的，他們付出了一切，我卻給他們臉上摸黑。

奶奶：妳必須面對。

安娜：他們要知道我的事，一定會給活活氣死……

安娜娜：爸爸媽媽愛妳，永遠愛妳……

安娜：到不了明天，縣城各個角落就會貼上我的通緝令，我們家的電話也會被警察局竊聽，爸爸媽媽的行蹤也會被人嚴密監控……

奶奶：別想這些，別想這些！

安娜：爸爸有心臟病，媽媽有糖尿病，他們奮鬥了一輩子，晚年卻如此淒慘……

安娜娜：別想這些，別想這些！

【乙吹哨子，奶奶和安娜娜逐漸變得呆滯。】

　　安娜：我什麼都沒有了。名字、工作、家人、社會地位……

　　奶奶：有所失必有所得。

　　安娜：我得到了什麼？

　　安娜娜：妳失去了枷鎖，卻得到了整個世界……

【怪鳥叫，奶奶和安娜娜呆立不動。安娜搖晃她們。】

　　安娜：我得到了什麼？我得到了什麼？

【在下面的表演中，奶奶和安娜娜變成呆滯的人偶。】

　　奶奶：自由！

　　安娜：自由？

　　安娜娜：安娜，妳得到了自由，學會了飛翔。

　　奶奶：孩子，妳留在北京不就是為了這一天嗎？

　　安娜娜：瞧，高高的，妳飛得高高的！

　　安娜：高高的，我飛得高高的！

　　奶奶：自由最重要。

　　安娜：自由最重要……

　　安娜娜：還有妳自己。

　　安娜：我是誰？我是誰？

　　奶奶：妳是安娜。

　　安娜娜：妳是安娜……

　　安娜：我忘了，我什麼都忘了。

【乙吹哨子，安娜娜和奶奶具有人的活力。】

　　奶奶：忘記吧，孩子……

安娜娜：忘記在縣城辛苦讀書的童年沉重生活。

奶奶：忘記在大學與周圍同學激烈競爭的青年壓抑生活。

安娜娜：忘記和那幫惡鬼們爾虞我詐的辦公室無趣生活。

奶奶：忘記和新安娜互相厭惡的驚恐噩夢生活。

安娜娜：忘記在會議室裡犯下罪行的恐怖生活⋯⋯

安娜：忘記過去就意味著對自己的背叛。

奶奶：安娜，有時候我們需要放鬆一下。

安娜：奶奶，我該怎麼辦？怎麼辦？

安娜娜：誰對生活微笑，生活就對誰微笑。

【安娜娜和奶奶朝舞臺兩個方向慢慢走去。】

安娜：奶奶 ——

奶奶：妳是個孩子，剛出生的孩子。

安娜：安娜娜 ——

安娜娜：妳有嬌嫩的肌膚，純潔的心靈。

奶奶：妳有清澈的眼睛⋯⋯

安娜娜：還有著幸福的笑容⋯⋯

安娜：哪裡有我容身之處？

奶奶：瘋狂心理諮商室。

安娜娜：李娜諮商心理師⋯⋯（奶奶和安娜娜站在舞臺左側）

安娜：瘋狂心理諮商室，李娜諮商心理師⋯⋯

【燈光變暗。】

第十一場

【心理諮商室。李娜站在安娜面前，整個心理諮商室已經一片狼藉。奶奶和安娜娜站在舞臺兩側變成人偶狀態。】

　　李娜：為什麼？

　　奶奶：誰對生活微笑，生活就對誰微笑……

　　安娜：我挪去了壓在心頭的沉重大山，也就獲得了新生。

　　李娜：為什麼？

　　安娜娜：妳是個孩子，剛出生的孩子……

【奶奶和安娜娜下場。】

　　安娜：我走在大路上，小鳥向我微笑，野狗向我問好，流浪貓咪們向我打招呼，大家一起為我的新生歡呼……

【安娜面前有個杯子，李娜提著熱水壺，往杯子裡倒水。】

　　李娜：為什麼？

　　安娜：謝謝妳，李娜。

　　李娜：為什麼妳要來？

　　安娜：這裡是我的家。

　　李娜：可憐的女孩……

【安娜端起杯子，喝得很快，安娜被水嗆住，李娜給她捶後背。】

　　李娜：慢點，慢一點。

　　安娜：謝謝，妳真好。

　　李娜：安娜，安娜……

　　安娜：怎麼了，李娜？

《安娜的心理諮詢》戲劇劇本全本

【李娜跪在安娜面前。】

　　李娜：可憐的女孩，妳為什麼要來這裡？

　　安娜：世界之大，竟沒有我的立錐之地！一切都是他們的勢力範圍，一切都被他們操控……我沒有地方可去，只好冒險來這裡。

　　李娜：（哭）安娜，可憐的小安娜。

　　安娜：李娜，妳哭了，妳哭了。

　　李娜：我在哀嘆妳的命運，安娜。

　　安娜：我的故事好嗎？

　　李娜：既不是最好，也不是最壞。

　　安娜：可是妳還是哭了。

　　李娜：所有的故事都是同一個故事，所有的人都是同一個人。

　　安娜：所以我只是妳的一個姊妹。

　　李娜：甚至妳就是我自己！

　　安娜：妳就是我自己！

　　李娜：所以妳不該來這裡。不該。

　　安娜：我犯了錯，就該接受懲罰。

　　李娜：來心理諮商室接受懲罰？

　　安娜：來心理諮商室接受懲罰。

　　李娜：妳知道這一切都是騙局？

　　安娜：是的。

　　李娜：妳什麼時候知道的？

　　安娜：第三場北大未名湖時，我就開始了懷疑。

　　李娜：那麼早……

　　安娜：到了第八場，我躺在小床上假裝睡著了，卻看到妳和師三八調情，

那時，我就明白了，一切都是騙局……

　　李娜：一切都是騙局……

【甲乙丙丁手牽手上場，他們呈呆滯狀態。】

　　乙：劇本規定我眼要瞎。

　　丙：劇本規定我腿要瘸。

　　丁：劇本規定我腰要斷。

　　甲：劇本規定我嘴要啞。啊啊啊。

　　甲乙丙丁：我們是人偶，一切都是騙局！

【甲乙丙丁站在安娜和李娜身旁。】

　　安娜、李娜：騙局？哈哈哈哈……

　　安娜：妳帶著那些人在我面前扮演，想要在我面前製造幻覺，讓我相信自己已經瘋掉。

　　李娜：安娜，妳為什麼不說出真相？

　　安娜：說出了真相，這齣戲還怎麼上演？觀眾趕了那麼遠的路，從北七環坐了兩個小時的公車，才趕到醫院，他們想要看精彩的演出，他們只想看精彩的演出！

　　李娜：安娜，都什麼時候了，妳還替他們考慮？

　　安娜：說出真相容易，可有什麼用呢？

　　李娜：安娜……

　　安娜：說出真相能改變什麼？說出真相能讓我純潔如初嗎？說出真相能讓我回到過去嗎？說出真相能讓我變成小女孩嗎？……

　　李娜：安娜，可憐的小安娜！

【李娜擁抱安娜，他們親吻。】

安娜：謝謝妳，李娜。謝謝妳提供機會讓我說出自己的故事。

李娜：沒有，我只是按照劇本說出自己的臺詞。

安娜：這已經足夠……沒有妳設計劇情，沒有妳的臺詞引導，我怎麼能說出自己的故事？

李娜：這也是我的故事。

安娜：我們的故事是同一個故事。

李娜：我們倆個是同一個人。

【他們親吻。怪鳥叫。停頓。安娜李娜變得呆滯。】

安娜：來，陪我跳最後一支舞。

李娜：告別之舞。

【他們跳舞。面容呆滯。甲乙丙丁呆滯的給他們伴舞。】

安娜、李娜：我們只是一個人！

甲乙丙丁：我們只是一個人！

安娜、李娜：因為寂寞，我們想像出了這個故事。

甲乙丙丁：因為寂寞，我們表演了這個故事。

安娜：來，說出妳的故事！

李娜：來，說出我的故事！

安娜：只有說出妳的故事，妳才知道我是誰……

李娜：妳才知道自己需要什麼，才會明白自己真正想要的生活……

安娜：如果遺忘了妳的故事，我將什麼都不是……

李娜：如果遺忘了我的故事，妳每天的生活就是行屍走肉，毫無幸福可言……

安娜：沒有了故事，也就沒有了我，沒有了妳……

李娜：沒有了故事，也就沒有了臉孔，沒有了民族，沒有了歷史……

【停頓。眾人呆立。怪鳥叫。眾人動起來。李娜和安娜具有人的活力，甲乙丙丁都是人偶的呆滯狀態。】

安娜：沒有了故事，也就沒有了戲劇表演。

李娜：戲劇表演是殺死寂寞的好方法。

安娜：我們都很寂寞，非常寂寞。

李娜：有時候我們摟著影子跳舞。

安娜：因為我們總是一個人。

李娜：一個人表演。

安娜：一個人吃飯。

【安娜和李娜做愛，動作輕柔如夢境。】

李娜：一個人放屁。

安娜：一個人拉屎。

李娜：一個人對著鏡子做愛。

安娜：一個人躺在床上手淫。

李娜：一個人呻吟叫喊。

安娜：一個人沉沉睡去。

李娜：一個人默默不語。

安娜：一個人喋喋不休。

李娜：一個人疼痛難忍。

安娜：一個人靜靜死去……

【李娜和安娜倒在地上。甲乙丙丁呆滯的說著臺詞。】

甲乙丙丁：我們寂寞，我們總是一個人。

李娜、安娜：永遠都是一個人。

甲：一個人在劇場裡跳舞。

乙：一個人製作布景。

丙：一個人化妝。

丁：一個人打出燈光。

甲：一個人放出音效。

乙：一個人站在舞臺上。

丙：一個人表演獨角戲。

丁：一個人說出獨白。

甲：一個人買票觀看。

乙：一個人鼓掌。

丙：一個人喝彩。

丁：一個人吹口哨。

甲：一個人踩腳。

乙：一個人寫評論文章。

丙：一個人獲獎。

丁：一個人生病。

甲：一個人懷孕。

乙：一個人生產。

丙：一個人剪掉臍帶。

丁：一個人洗屎尿布。

【安娜和李娜站起來。】

安娜：一個人餵養不存在的嬰孩。

李娜：一個人假裝還有另外的人在身邊。

【安娜和李娜倒地。】

甲：一個人在鏡頭前搔首弄姿。

乙：一個人假裝和另一個人熱吻。

丙：一個人假裝和另兩個人做愛。

丁：一個人假裝去上班然後被老闆榨乾了血汗。

甲：一個人飄落如秋葉。

乙：一個人摔倒在臭水溝裡。

丙：一個人身體上爬滿了老鼠。

丁：一個人頭髮上爬滿了蟑螂和臭蟲。

甲乙丙丁：一個人在沒人知道的陰溝裡死去……

甲：我們是一群喪失了自我的瘋子！

乙：我們被恐怖的大蛇纏繞住身軀無力脫逃

丙：我們是地獄火山中永遠被鍛鍊的冤魂……

丁：我們張著嘴巴舌頭卻被割去……

甲乙丙丁：我們除了哇哇怪叫根本說不出自己的故事！

李娜：我們是可憐的小丑、愚人、弄臣、浪子……

安娜：我們是可憐的閹人、人偶、鏡中花、水中月……

眾人：可是我們不是自己，我們不是自己……

【眾人呆立。黃鳥叫。安娜和李娜活起來，甲乙丙丁慢慢走到舞臺右側的小舞臺上。】

安娜：李娜，妳被關在心理諮商室三年，我知道妳有多寂寞。

李娜：就像妳的未來那樣寂寞。

安娜：我可憐妳，李娜，妳就像我的親人，我的伴侶……

李娜：安娜，親愛的安娜啊……

安娜：所以，我願意留在心理諮商室，替換妳出去……

李娜：替換我出去？

《安娜的心理諮詢》戲劇劇本全本

安娜：妳待了那麼久，不想出去嗎？

李娜：我想出去。

安娜：那妳還猶豫什麼？

李娜：安娜，也許妳想取代我做諮商心理師，就像新安娜取代妳做祕書一樣。很多患者都渴望做諮商心理師，這是他們的終生夢想。

【李娜給安娜倒一杯紅酒。】

安娜：這裡是度假別墅嗎？這裡是享樂天堂嗎？這裡是人間仙境嗎？

李娜：這裡是鬼門關，骷髏城，地獄中心。這裡害人不用刀，殺人不見血，吃人不吐骨頭……

安娜：留下來，讓我留下來！

李娜：安娜，妳為什麼要留下來？

安娜：我是個瘋子，最近十年裡，這個都市不知道處死燒死了多少瘋子……

【安娜一飲而盡杯中的紅葡萄酒。】

李娜：妳不怕酒裡有毒嗎？

安娜：妳不會毒死我。我死了，妳也無法離開。

李娜：瘋子心理諮商室必須要有瘋子諮商心理師。

安娜：沒錯，就是這樣……

李娜：安娜，妳很聰明。安娜小妹妹，過去我也像妳一樣純潔，可最終卻讓自己深陷牢獄。看著妳，就像看著另一個我。可是我知道，妳的純潔終究不會長久。（安娜打了個哈欠）睡去吧，睡著吧。等妳醒來，妳會變得和我一樣心狠手辣，甚至比我還要凶狠。（安娜躺在小床上）妳會青出於藍而勝於藍！睡去吧，我的妹妹。醒來後妳會變成諮商心理師，又聰明又心狠的諮商心理師！親愛的妹妹，祝妳早點逮個好獵物，一個代替妳留在心理諮

室的好獵物！

【安娜閉上了眼睛。李娜給安娜蓋上白色的諮商心理師大褂，彷彿安娜只是一具屍體。】

　　李娜：啊，我在黑暗中壓抑太久！我過去失敗得真慘烈，因為心軟我失去了自己的名字、工作、社會地位、家庭，還有我自己……黴氣的日子已經過去，現在我要開始新生活……無毒不丈夫，不狠不仁義。從今後，我李娜要脫胎換骨，舊貌換新顏，我要做個強者，我要做個任意宰割的獵手，我要真實面對自己的欲望，不再逃避，不要委屈，不再恐懼……強者就是公理，強者就是正義，強者就是規則……我會把自己嬌嫩的心從胸腔中拽出來，我會給自己按上一個冰冷堅硬的鐵心鐵肺，我要讓自己冷冰冰如寒鐵，凶狠狠如豺狼，我要吞下一個個獵物，我要讓自己成為強者，強者，強者！

【李娜離開。音樂響。安娜從小床上站起來，如夢遊一般。她穿上了白色的諮商心理師大褂。爸爸媽媽從舞臺右側走到心理諮商室。】

　　媽媽：（哭）安娜 ——

　　爸爸：（哭）小安娜 ——

　　安娜：爸 —— 媽 ——

【安娜朝爸爸媽媽撲過去，卻撲個空。】

　　媽媽：可憐的安娜 ——

　　爸爸：我的小安娜！

　　安娜：爸，媽 ——

【安娜朝爸爸媽媽撲過去，卻撲個空。爸爸媽媽在舞臺左側哭。音樂聲。】

　　安娜：我夢見爸爸媽媽了，他們在村口等我回家！他們頭髮都白了，滿臉都是皺紋，我都認不出他們來了！都是安娜害妳們受苦啊……（跪了下

來）看著妳們受苦，我心如刀割，恨不得一刀宰了自己……父親有心臟病，母親有糖尿病，安娜犯罪的事情已經嚇破了他們的膽，要是再聽到安娜自殺的消息，他們肯定活不下去。女兒是他們唯一的依靠啊……他們付出了一切，到老了還孤苦伶仃。爸爸媽媽只有我一個孩子，他們不能沒有我，我要給他們養老送終……活下去，活下去，這是我唯一也是最重要的願望！爸爸媽媽在受苦，他們在哭著叫我的名字，『安娜安娜小安娜』……安娜，爸爸媽媽在受苦……爸 —— 媽 —— 我很好，我很好，妳們也要好好的！（站起來，音樂聲變大）安娜，活下去，活下去啊，必須要活下去，即使不為了自己，為了可憐的爸爸媽媽也要活下去啊……我要像蜘蛛一樣躲在角落裡，積蓄力量，儲藏能量，然後耐心等待獵物……『安娜安娜小安娜』，爸爸媽媽在叫我，可是我暫時要和妳們告別，但我一定會出去，我一定會活著走出去！『安娜安娜小安娜』……爸，媽，等著我，等著妳們的小安娜啊！……我會找那個安娜報仇，我會奪回一切，我會把自己的名字搶回去！我是安娜，我是安娜啊！等我用劍放在屁安娜的脖子時，她才會知道誰是老子誰是兒子！哼，到那時候我就能把屎安娜用了多年的名字奪回來……我是安娜，我是安娜啊……

【幕落】

《安娜的心理諮詢》戲劇劇本簡版

「安娜，有時候我感覺妳就是我，我就是妳，我們是切成兩半的蘋果，被撕開的連體嬰兒⋯⋯」

《安娜的心理諮詢》戲劇劇本簡版

時間：現代

地點：心理諮商室

人物：安娜：女，患者

李娜：男，諮商心理師

孫娜：男，安娜的大學同學，喜歡安娜

新安娜：女，安娜的新同事，和安娜是競爭關係。

第一場

房間中央擺著一桌二椅，一張椅子屬於諮商心理師，一張椅子屬於患者。兩張椅子完全不同。牆壁的右手有鋼管林立。鋼管亮錚錚，冷冰冰，它和諮商心理師的椅子、桌子共同構成了一個金屬的機械裝置，看起來就像個怪異凶猛的鐵獸。桌子上堆滿了各種雜物：金框眼鏡、患者病歷表、墨水瓶、小鏡子、各種顏色的水彩筆，一個紅色的假髮，一個寫著『李娜』兩個字的胸卡。桌上還放著熱水壺、紅葡萄酒瓶和玻璃杯。

主人公是個照看鏡子的貴婦人，她正對著鏡子中的自己微笑。患者躺在小床上就能接受諮商心理師的催眠、暗示和操控。小床像個棺材。

李娜站起來，搖搖晃晃的取下衣架上的醫師袍披在身上，戴上桌上的紅色假髮。甲吹哨子，李娜坐在桌前，開始翻閱患者病歷表。

李娜：觀眾朋友們，很多年之後，我還記得很清楚，十分鐘後要發生的這個故事。這個故事是真的。我是演員，人偶演員，這一點也毫不摻假。另外，我還是個著名的心理諮商師，患者幾乎把心理諮商室的門檻給踏破……說到患者，他們可真夠怪的，有的哭爹叫娘，有的殺人放火，有的想要和村裡的老母豬去教堂結婚，有的想要飄在都市上空對市民們放箭，有的想在公共廁所看人撒尿拉屎放屁，有的想要和天上的阿波羅和嫦娥做愛，我像是被關了三年……一千多個日日夜夜……這裡沒陽光，沒雨露，我甚至看不到一朵雲彩，連花香都聞不到。這裡沒朋友沒家人沒愛人，一個人，我總是一個人……再待下去我會死。真的，今晚我就會死去。整個世界就是這樣。

第二場

安娜耷拉著頭，推門進來。安娜頭低著，滿頭黑髮遮蓋著她的臉孔。她穿著一雙小皮靴，皮靴頭尖得像利劍，一件連身裙。她像鬼魅一樣進來，臉上表情呆滯，動作僵硬，就像個人偶。

安娜：也許。（停頓）

李娜：什麼？

安娜：這是……

李娜：瘋狂心理諮商室。

李娜：請坐。

安娜：我五點鐘就起床……他們說五點鐘就晚了。他們說五點鐘就掛不上號，排隊的人多，多……他們讓我來……

李娜：讓妳來做什麼？

安娜：讓我找，找……

李娜：找誰？

安娜：李娜……

李娜：我就是李娜。

安娜：妳就是……

李娜：我就是。

安娜：好，太好了……

李娜：請坐。

安娜：謝謝……

【李娜把安娜按在患者椅子上。】

安娜：謝謝！

【安娜從椅子上站起來。】

　　李娜：您為什麼不坐下？

　　安娜：我坐下了。

【安娜坐在患者椅子上。安娜的身子逐漸具有活力。】

　　李娜：我看出來了，您有獨特的個性，喜歡與眾不同。嗯，這是專門為患者設計的椅子，坐在上面舒服極了。可您卻寧願站著，對不對？

　　安娜：就是這樣。

　　李娜：天啊——

　　李娜：嘖嘖，瞧妳的小臉蛋，瞧妳的大眼睛……妳是我見過的最漂亮的患者。

　　安娜：妳在說什麼？

　　李娜：妳真是個美人。

【李娜抓住安娜的手，安娜突然咬過去，李娜尖叫一聲，慌忙把手拿走。】

　　李娜：啊——

　　安娜：哈哈哈哈……

　　李娜：我注意到妳很幽默，喜歡開玩笑……

　　安娜：他們說我病得不輕……他們要把我關進小黑屋，他們要給我戴上牲口的面具，他們要給我注射藥物……

　　李娜：整個世界都染上絕症。

　　李娜：妳怎麼了？

　　安娜：沒什麼。（推開李娜）

　　李娜：妳怎麼了？

　　安娜：去，去，別說話！

《安娜的心理諮詢》戲劇劇本簡版

【安娜狠狠的掐自己的大腿。】

　　安娜：母猴子在發情，母螳螂吞下公螳螂的頭顱，亞馬遜毒蜘蛛產下三百顆卵……有一個聲音說，去，離開我，離開我！

　　李娜：妳怎麼了？不舒服嗎？

　　安娜：我好極了。

　　李娜：我希望妳不要緊張。這裡很自由，妳完全可以把這裡當成……當成妳的家。

　　安娜：我的家？

【李娜氣呼呼的坐到桌子前。】

　　李娜：（突然大笑）咯咯咯咯……

【李娜突然止住大笑。安娜吃驚的盯著她看。】

　　李娜：好吧，我們現在開始心理諮商。（突然大笑）咯咯咯咯……（突然止住，停頓）

　　安娜：您剛才在笑嗎？

　　李娜：沒有啊。

　　安娜：我似乎聽到有人在笑。

　　李娜：嗯，有時候我們會出現幻聽現象，這很正常。

　　安娜：噢。

【李娜翻開患者病歷紀錄。】

　　李娜：妳叫什麼名字？

　　安娜：安娜。

　　李娜：噢，是安娜‧克利斯蒂還是安娜‧卡列尼娜？

　　安娜：就安娜。

李娜：別生氣，我只想逗妳開心。安娜是個好名字，我母親也喜歡這個名字，她給她的女兒也取名叫安娜。

安娜：是嗎？

李娜：我騙妳幹麼？

安娜：妳也叫安娜？

李娜：噢。不，那是我妹妹的名字，我叫李娜。

安娜：噢。

李娜：噢。安娜妹妹，別害怕，就當我是妳的哥哥吧。

【李娜離開桌子，走到安娜面前。】

安娜：噢，哥哥？

李娜：在北京工作，十分思念老家的安娜妹妹！我三年沒回家了，工作忙得根本走不開，每天都有幾十名患者來找我，出診的時間都安排好了，我甚至連相親的時間都沒有。妳看，我都三十好幾的人了，現在還打光棍。每天夜裡十二點回到冰冷的家，連個暖被窩的人都沒有……為這事，媽媽眼睛都哭瞎了…在北京太難了……所以安娜妹妹，今天遇到妳，妳不知道我有多高興，這，這一定是老天的安排……

安娜：老天的安排。（安娜盯著鏡子看。）

李娜：噢，或者叫緣分。妳知道嗎，安娜？我的安娜妹妹也很漂亮，幾乎和妳一樣漂亮。妳們長得很像。

安娜：小時候媽媽總把我打扮成洋娃娃……

李娜：有一天我放學回到家，看到我的安娜妹妹，她就像洋娃娃一樣漂亮，我的心一陣顫抖：要是能娶到安娜，我一定會很幸福……

安娜：會幸福死嗎？

李娜：嗯，也許。

安娜：我看過一個新聞。

李娜：什麼？新聞？

安娜：辦公室主任和年輕的祕書裸死在轎車內。車內放著撕開的威而鋼包裝袋。轎車一直沒熄火，排出大量的一氧化碳。他們毫無察覺，在快感中窒息死去。他們抱得很緊，一直保持插入姿勢，別人怎麼都分不開。沒辦法，大家只好抬著他們扔進火葬場……

李娜：說這些有什麼用，有什麼用……

安娜：也許妳喜歡這種幸福結局。

李娜：不，不……好了好了，快說妳的故事吧。

安娜：……告訴妳一切嗎？

李娜：當然。我是妳的知心哥哥，我願意為妳做任何事。

安娜：妳知道在北京一個人打拚有多難！我一個人背井離鄉來到陌生的都市，努力用自己的雙手去奮鬥，老天爺知道我有多勤奮，我認真讀書，努力考學，辛苦學習，參加比賽，贏取學校的各種榮譽，畢業後又是費盡千辛萬苦去找工作。妳知道嗎？我，我……

李娜：是啊，可憐的小妹妹……

安娜：我，我……（哭）

李娜：是啊，大家在北京都太不容易。

【李娜遞給安娜面紙，自己也取下眼鏡，擦著眼睛。】

安娜：從小到大，我都是周圍最優秀的，考試我從沒下過年級前兩名。考大學那年我以全省第二的成績考上了北京大學！

李娜：哇，北大的高材生！

安娜：可是妳根本不知道在北大競爭有多激烈！

李娜：那是那是！

安娜：想一想，能上北大的都是全國最優秀最聰明的學生。以前學習時，我用八分努力就能取得好成績，可在北大，即使付出十二分努力，我也不見得能取得好成績。那段日子可真夠艱難，我拼勁了全力，每天只睡三個小時，沒想到天道酬勤，在畢業時我竟然取得了不錯的成績：優秀團支部書記，優秀學生會主席，福特獎學金獲得者，校園最佳辯論手，法語演講一等獎，北京市十佳三好學生……

李娜：哇，妳好厲害啊……

安娜：這沒什麼……

李娜：安娜妹妹，我很崇拜妳！

安娜：這很平常。只要付出努力，任何人都能成功……（安娜在鏡子前化妝）

李娜：妳談過戀愛嗎？

安娜：根本沒那時間。

李娜：妳這麼漂亮，男孩子一定傷透了心。

安娜：上大學時，我收到的玫瑰花不計其數，宿舍裡都放不下，最後我只好送給管宿舍的阿姨。那些請我出去約會看話劇的電話更是響個不停，搞得我都沒辦法看書寫論文，最後我只好拔掉電話線。慢慢的，大家都知道我是冰心美人，男生們也就不怎麼聯繫我了。

李娜：慧劍斬情絲。

安娜：妳也知道，現在畢業的大學生有多少，像我這種來自窮地方，家裡沒錢又沒權，再不努力靠自己，就更沒活路了。

李娜：說得沒錯啊。

安娜：我班上有個同學，畢業後找不到工作，只好去市場賣豬肉。她父親是個屠夫，這下好了，她也繼承父業。

李娜：她也是北大的學生？

安娜：沒錯。

李娜：真遺憾。

安娜：怨她自己，誰讓她大學不好好讀書，整天就知道瘋玩瞎鬧，最後找不到工作才知道後悔，以前做什麼去了？

【安娜打了個哈欠。】

李娜：妳就沒喜歡過人？（停頓）

安娜：沒有。

李娜：那個少女不懷春？（停頓）

安娜：我沒有。（停頓）現在工作機會那麼少，好工作就更少了。我必須讓自己鐵石心腸，才能找到好工作。感情只能影響我的事業和前途。所以，我絕不允許自己喜歡上別人！

李娜：是嗎？真的是這樣嗎？

第三場

安娜：孫娜？

孫娜：是我。

安娜：妳怎麼在這裡？

孫娜：妳不歡迎我？

安娜：我記得很清楚，我在心理諮商室……

孫娜：心理諮商室？

安娜：可是一眨眼，我怎麼來到了未名湖？

孫娜：安娜，我們本來就在未名湖畔。

安娜：算了，那一定是場夢。

孫娜：夢？

安娜：為了學習，每天我只睡三個小時，有時候在校園裡走著走著我就睡著了，我走到路中央，身後的轎車喇叭聲震天，要不是好心的同學拉我一把，我早就被轎車碾成兩截了。（打哈欠。停頓）

孫娜：安娜，妳太累了。

安娜：近來我做的夢就更多了，有時候我夢見又去參加考大學，作文題目是《我是誰？》。天啊，我就是想破腦袋也想不起來自己是誰。周圍同學都奮筆疾書，在考卷上寫得飛快，就我一個人傻坐著，滿頭大汗，把吃奶的勁都使出來，還是想不起來……

孫娜：妳是安娜，不是嗎？

安娜：我知道我叫安娜，可除了這個，我再也不知道自己還有什麼。

孫娜：我喜歡妳做夢。

安娜：有時候我夢見殺了人，手上沾滿鮮血，我在河裡洗手，怎麼洗都洗不乾淨。後面有很多人叫喊著追過來，沒辦法，我跳進河裡，水面上開滿了金色的睡蓮花，那是我的婚床……有時候我又夢見自己待在一個黑暗的心理諮商室裡，一個滿頭紅髮的男人審問我，他相貌英俊，臉上留著連鬢鬍子，鼻子高聳，我想，他一定有碩大的陽具。我敢肯定一定是這樣。他是我見過最帥的男人……

孫娜：妳在說我嗎？

安娜：我喜歡那個男人。

孫娜：誰？

安娜：那個帥哥諮商心理師！

【安娜捧著李娜的腦袋，把嘴唇緊貼在李娜的嘴唇上。孫娜從身後抱著安娜，把她拽開。】

《安娜的心理諮詢》戲劇劇本簡版

　　孫娜：妳應該喜歡我！

【孫娜把安娜的身體轉過來，把嘴唇緊貼在安娜的嘴唇上。安娜推開他。】

　　安娜：不，我不喜歡妳！

　　孫娜：妳告訴我那裡不好，我一定改，一定！

　　安娜：不，是我的原因。

【安娜轉回身體，她捧著李娜的腦袋，把嘴唇緊貼在李娜的嘴唇上。孫娜從身後抱著安娜，把她拽開。】

　　孫娜：妳要愛我，愛我！安娜，我愛了妳整整兩年，整整兩年！

【孫娜把安娜的身體轉過來，把嘴唇緊貼在安娜的嘴唇上。安娜推他。】

　　安娜：不，不！

　　孫娜：安娜，安娜，妳怎麼了？安娜，我弄疼妳了嗎？我真該死。妳說句話好嗎？我不能看到妳哭。妳那麼漂亮，像個天使，天使怎麼會哭呢？告訴我，我可以為妳做什麼？（停頓。甲吹哨子。安娜抬起頭，臉孔露出來）給我下命令吧，不管妳要什麼，我都能做到。即使妳要拿走我的頭，我也不會皺一下眉頭。今晚月亮真大，閃著紅光。這很不正常。已經是深秋天氣了，博雅塔在寒風中發抖，未名湖掀起巨浪，湖面上有燈籠在閃爍，不，那是眼睛，綠眼睛。那是個怪獸，牠瞪著銅鈴大的眼睛，張著血盆大口，他想要吞噬我，我知道他想吞噬我！我想變成魚，沉到湖底……我聽到風在呼嘯。這樹、這水、這塔、這月亮我彷彿第一次看到。再多看一眼吧，再多看一眼彷彿我就知道我為什麼在這裡，我為什麼愛妳愛得瘋狂，我為什麼想要為妳燃燒我自己。

　　安娜安娜，流著鼻涕的小安娜，

　　安娜安娜，乖乖聽話的好安娜，

好好學習，天天向上的慧安娜，

考上名校，留在京城的強安娜。

安娜安娜，帶給我們榮譽的好安娜，

安娜安娜，帶給我們厄運的壞安娜！

安娜，我還聽到一個女人在湖水裡歌唱。她在歌唱死亡。死亡一定富有詩意，因為那麼多的詩人在湖水中身亡。死亡不過是一滴水落到湖水裡。安娜，別離開我，求妳別離開我……（甲吹哨子。安娜慢慢站起來。孫娜慢慢朝湖水中走去）安娜，新生報導那天我看到妳，妳背著重的編織袋，腰都被壓彎了，手裡還提著兩個行李箱，身後還拖著一個箱子。別的學生都雙手空空，身邊跟著父母家人。只有妳一個人，背著那麼重的行李，艱難的走在校園的小路上，薔薇花在路邊開放，有兩隻蝴蝶在妳耳邊飛舞。早晨第一縷陽光照著妳蒼白的小臉蛋和黑色的大眼睛。我對自己說，這個女孩有意思。安娜，妳真有意思。我第一眼看到妳，就瘋狂的愛上妳。我愛了妳兩年，整整兩年，安娜，每天晚上我都叫著妳的名字入睡，安娜，妳每天晚上都出現在我夢裡，夢裡真美，安娜，妳在我的夢裡真美。

安娜安娜，殺人放火的惡安娜，

安娜安娜，妳犯下了滔天罪行，

安娜安娜，妳澆滅了父母的希望，

安娜安娜，妳給父老鄉親臉上摸黑。

安娜安娜，帶給我們榮譽的好安娜，

安娜安娜，帶給我們厄運的壞安娜！

【伴隨這歌聲，孫娜說出下面的臺詞。】

孫娜：我們在夢裡總是跳舞、談情說愛、看電影。安娜，妳美極了，在我的夢中，妳美極了。妳像個女神，安娜。我會在夢裡抱著妳，緊緊的抱著

妳，安娜，妳再也逃不掉……（孫娜慢慢倒下）我要變成一條魚，一條青魚，安娜，我要變成一條一天到晚游泳的青魚，而妳是水，安娜，妳是水，我在妳的懷抱裡，在妳的親吻裡，在妳的宮殿裡，尋找我自己。

第四場

李娜：妳睡著了。

【李娜把杯子放在安娜面前。安娜呆滯的抓著杯子喝水。安娜一直飲下去，似乎毫無感覺，水流在地板上。】

李娜：小心，水有點燙。

安娜：噢謝謝妳。

李娜：安娜，妳剛才講了很多妳的大學故事，妳是那麼刻苦，妳獲得的各種榮譽獎章，妳拒絕了孫娜的求愛，還把另一個安娜介紹給了孫娜。（停頓）妳能多談談安娜嗎？

安娜：誰？

李娜：另一個安娜。

安娜：另一個安娜？

李娜：我們開始吧。

安娜：我為什麼要告訴妳？

李娜：我是諮商心理師。我治癒了一百三十九名患者。安娜，妳不想讓自己好起來嗎？（停頓）

安娜：我很好。

李娜：可是妳比我更清楚，妳眼前總是出現幻覺。就在剛才妳講自己校園故事時，妳不是清楚的看到孫娜就在妳面前？還有未名湖和博雅塔……

安娜：妳怎麼知道？

李娜：我就是知道！說出妳的故事，妳完整的故事！

安娜：然後呢？

李娜：然後我會幫妳治癒，讓妳變成正常人！

安娜：正常人？真的嗎？

李娜：我為什麼要騙妳？

安娜：也許妳有什麼目的，也許妳想要我留在這個心理諮商室，一輩子把我關在裡面！

李娜：妳可以做出選擇。要麼信任我，要麼沉默。妳也可以眼睜睜的看著自己瘋掉。

安娜：我該怎麼辦？怎麼辦？

李娜：沒有人知道該怎麼辦。安娜，沒有人能說出辦法。除非……

安娜：除非我完整的說完自己的故事。

李娜：沒錯。聽完妳的故事，我才能想出法子。妳是故事的主人公。

安娜：謝謝。

李娜：妳們是學同一個專業科目？

安娜：對，我們還住同一間宿舍。

李娜：她學習好嗎？

安娜：剛開始挺好的，後來就變壞了。

李娜：什麼時候？

安娜：大三之後吧。

李娜：在妳給她介紹男朋友之後？

安娜：她是個輕浮的女孩，長得一點都不漂亮，她被愛情衝昏頭腦，狂熱的迷戀孫娜，整天纏著我把孫娜介紹給她。我把他們撮合在一起，也是為

了她好。

李娜：就沒有為了妳好嗎？

安娜：妳什麼意思？

李娜：難道妳從沒有把她當過競爭對手？妳們兩個都課業這麼好，做什麼事情都互相競爭，獎學金，班級幹部，還有辯論比賽什麼的，不管做什麼，她都要和妳去爭去搶。

安娜：不論做什麼，都是有她沒我，有我沒她。

李娜：安娜，難道妳從來就沒厭惡過另一個安娜？妳就不想個法子把她拉下水？這樣，至少妳也少個競爭夥伴。

安娜：您真不愧是心理學家，我簡直想要說，您說得太對了。

李娜：我了解人性的最陰暗面。

安娜：可是妳有沒有想過，我也是有情感的。安娜和我住在同一間寢室，我們朝夕相處了四年，我一直把她當作好妹妹……

李娜：對不起，安娜，我只是說有那種可能。

安娜：不，沒有，絕沒有！

李娜：那我明白了。（停頓）嗯，安娜，那個安娜現在做什麼？

安娜：賣豬肉。

李娜：賣豬肉？

安娜：她爸爸是個屠夫，一直賣豬肉供她上大學。現在好了，終於女承父業。

李娜：她是北大畢業的呀！

安娜：北大畢業的又怎麼了？她被那個男人迷住，整天不念書，有三門主修不及格，補考也沒通過，最後沒有拿到畢業證書。她學業成績這樣子，哪個公司還敢用她？

李娜：她真可憐。

安娜：這還不是最糟的。為了那個畜生，她墮過兩次胎，最後那次大出血，幾乎死在手術臺上。為了保住性命，醫生只好拿掉她的子宮。

李娜：可憐的女人。

李娜：孫娜呢？

安娜：他是個花花公子，玩膩了安娜就要拋棄。

李娜：真可惡！

安娜：也許他愛我，瘋狂的愛我。他得不到我，就瘋狂報復另一個安娜。

李娜：是嗎？

安娜：誰知道呢？誰知道真相呢？不過說這些有什麼用⋯⋯

李娜：是啊，我們還是說另一個安娜吧。

安娜：她很蠢，她是天下第一蠢的女人！以前考上北大時，她父親在豬肉攤前放了十萬響的鞭炮，市場上鼓聲震天；現在好了，她耷拉著腦袋，整天在豬肉攤上切肉算帳，有時候為了幾毛錢，就和客人吵起來。狂暴至極。

安娜：有時候為了爭奪顧客，還要拿著刀和別的豬肉販子幹架。

李娜：真是不幸。

安娜：有一天，鎮上的報社收到一封匿名信，很快所有人都知道了她在學校裡墮胎的醜事。女人最重要的是名望啊。可憐的女孩，再也嫁不出去，最後只好和一個瘸子鞋匠結了婚，每次喝醉酒，瘸子都用皮帶把她抽得半死⋯⋯

李娜：妳哭了。

安娜：我們在一起住了四年⋯⋯沒錯。

李娜：嗯，妳知道誰寫的那封匿名信嗎？

安娜：不知道，也許是孫娜，也許是某個恨她的人。她考上北大後就趾高

氣揚，看誰都不順眼……妳為什麼用那種眼神看我？妳懷疑那封信是我寫的？

李娜：嗯，我可沒這麼說。我只是為安娜感到痛心……

安娜：為她，那個不要臉的小婊子？她是咎由自取，中午在出租屋處裡她和孫娜幹得熱火朝天時，我卻在教室裡汗流浹背的背英語單字；深夜十二點她和孫娜的一幫狐朋狗友沉浸酒吧談情說愛時，我卻點著蠟燭在教室裡趕寫讀書報告；太陽晒著她的屁股十點鐘她還沒起床時，我卻在圖書館裡看了三本專業書！

李娜：可憐的安娜……

安娜：妳在說誰？

李娜：妳們倆。

安娜：不，她不可憐，我也不可憐。世界就是這樣，所有的人都不可憐！

李娜：我們來談談安娜這個名字吧。

安娜：名字有什麼好談的。

李娜：我注意到妳對自己的名字很敏感……

安娜：哼。從小學到大學，我曾有九個同學叫安娜，這還不算四個沒上幾天就輟學的安娜。甚至還有兩個男生也叫安娜這個名字。這可真逗。

李娜：怎麼會這樣？

安娜：工作後，我對面的同事也叫安娜，結果辦公室的人不知道怎麼稱呼我們，只好在我們的名字前加上各種代碼，『湖南安娜』『河南安娜』，『北大安娜』『清華安娜』，要不就是『大安娜』『小安娜』，而私下裡他們會叫我們『醜安娜』『俊安娜』，『暴躁安娜』『和善安娜』……

李娜：哦，這樣啊……

安娜：再也沒有比這更尷尬的事了。我們共叫一個名字，這個名字卻不屬於我們。無論我們做什麼，都不能掙脫它的控制。

第五場

安娜：黑，好黑啊。這是在哪裡？有人嗎？有人在這裡嗎？喂，有人嗎
—— 如果我呼喊，可以天使聽見我叫聲？

李娜：哈哈哈哈……

安娜：我聽見有人在笑。也許是蝙蝠的聲音。老家的山上有種吸血蝙
蝠，個頭比人還要大，專門模仿人的笑聲。笑聲比鈴聲還要好聽，就像天堂
裡傳來的呼喚。一些蠢人往往分辨不出真假，他們一不小心就會踏入蝙蝠的
洞穴，黑天使們一擁而上，用翅膀擊打獵物的身體，用尖利的喙堵住獵物的
嘴巴和鼻孔。獵物們窒息昏倒在地，蝙蝠們就用利齒吸取獵物的鮮血。媽媽
告誡過我很多次，要小心那些吸血蝙蝠，要小心那些男人！『安娜，安娜，
要小心那些蝙蝠和男人啊 —— 』哈，她老人家一輩子吃過蝙蝠男人的虧。
我們是個不幸的家族，一定是遭人詛了咒，要不就是我們家的祖墳不好。沒
人知道原因。從小爸爸就要我出人頭地。爺爺家是地主，解放後在批鬥中被
人打死；奶奶是富家小姐，一輩子沒做過務農，她細皮嫩肉，見誰都是笑眯
眯，村裡誰家有困難她都願意去幫忙。她有一雙三寸金蓮，總穿著白裙子。
爺爺死後，奶奶就被押到了檯子上，一個無賴拿著剃頭刀，刮掉她一半的頭
髮，又在她脖子上掛上『地主老財』的牌子，民兵隊長押著奶奶，一個潑婦
往奶奶脖子上掛兩隻破鞋，群眾們哄堂大笑。爸爸從小在村民的白眼和踢打
中長大。因為成分不好，爸爸沒讀過幾年書，一輩子都在地裡奔波。農民太
窮了，尤其還要供應兩個學生，更是雪上加霜。

李娜：兩個學生？

安娜：對了，我忘記告訴妳們，我有個雙胞胎妹妹，她比我晚出生七分
鐘。我們兩個長得太像了，有時候就連爸爸媽媽都分不清我們。安娜娜比我

《安娜的心理諮詢》戲劇劇本簡版

更活潑更好動，村裡人都喜歡逗她玩。爸爸沒錢供給兩個學生。我和安娜娜在一個班上上學，每次不是我考第一，就是她考第一，我們從沒低於前兩名……由於家裡只能供給一個學生。後來我背著書包去學堂，安娜娜卻留在了家裡，每天天不亮就下地割草餵豬，下地幫爸媽務農，有時候上山挖草藥賺錢，空閒的時候，安娜娜就在河邊放牛。她才十歲，那麼小就懂得為家人做出犧牲。她是我妹妹……那一年夏天，天空突然降下暴雨。我在教室裡坐立不安，我知道要出事，一定要出事。我不知道會出什麼事，我只是渾身抖個不停。突然，我聽見安娜娜在喊我……我衝出教室，在大雨中朝河邊跑去，我知道，安娜娜就在那裡，就在洪水裡……河水漲得很高，河邊圍了很多村民。雨下得那麼大，河上的獨木橋都給山洪沖走了。沒有人敢下水。媽媽發瘋一般哭著，要不是幾個村民抱著她，她早就跳進河裡，爸爸趴在泥漿裡，用拳頭砸著身體，哇哇哭得像個孩子……我呆呆的站在那裡，一直站著……我聽見安娜娜在喊我，她一直在喊我 —— 安娜娜的屍體一直沒找到。我一直覺得她沒有死，她就在我周圍，就在我身後。安娜娜就躲在某個角落裡，她只是和我玩捉迷藏的遊戲，她只是想要我著急，她只是想要嚇嚇我，她肯定會回來，她一定會回來……我耳邊總是聽到她喊我的名字……走在街上，我總想著她從背後拍我的肩膀，然後一下子跳到我面前。我去北京上學，也感覺安娜娜和我一起去了北京……為了我，爸去建築工地上挑磚頭，爸去河裡挖沙子，爸去煤窯裡挖煤……可憐的媽媽先去撿破爛，爸爸去醫院賣血，每次都賣四百毫升，一次能賣一百二十塊錢，爸爸賣了十九次……他一米八的個子，體重還不到八十斤……我是吸血蟲，吸血鬼，吸血蝙蝠，我吸食爸爸媽媽的鮮血，吸食安娜娜的鮮血。要不是我，爸爸也不會瘦得厲害；要不是我，安娜娜也不會死……我吸爸媽的血，吸安娜娜的血……出人頭地，對，我一定要出人頭地！這是我最強烈的願望，也是唯一的願望。爸爸

三代單傳，現在我是他唯一的女兒。做父親的愛女兒，做女兒的也愛父親。

　　李娜：沒讓妳失望吧？

　　安娜：妳說什麼？

第六場

　　李娜：安娜。

　　安娜：誰在叫我？（摸李娜的身子）是妳嗎，李娜？

　　李娜：是我。

　　安娜：妳剛才去哪裡，我好害怕……

　　李娜：我就在妳身邊。

　　安娜：我害怕……

　　李娜：安娜，妳畢竟獲得了成功，不是嗎？

　　安娜：是的，按他們的說法，我成功了。畢業那年，我在班上第一個簽了就業合約，而且我去的是奧組委。奧林匹克運動組織委員會。

　　李娜：噢，這是個很重要的部門。

　　安娜：誰說不是呢。這個部門一般人進不去，只有最有能力最有關係最有門路的才能進得去，不過這也要看她的運氣。我沒有關係也沒錢，全靠自己的本事找到這個工作。為了得到這個工作，我可沒少參加考試，什麼公務員職業能力測試，社會主義建設基本常識考試，馬克思主義理論分析，職業人格測試，法律常識考試……本來這個職務是為部長的兒子預備的，但每次考試我都得第一，他們再也沒理由不錄取我……

　　李娜：妳父母一定高興壞了。

　　安娜：是的，是的，爸爸在門前放了十萬響的鞭炮，村裡的鄉親們敲鑼

打鼓，帶著禮物湧到我們家，他們怎麼都想不到當年拖著鼻涕愛哭鼻子的小安娜，現在在京城做了官，還成了整個村子的榮耀⋯⋯

　　甲乙丙：（唱）安娜安娜，流著鼻涕的小安娜，

　　安娜安娜，乖乖聽話的好安娜，

　　好好學習，天天向上的慧安娜，

　　考上名校，留在京城的強安娜。

　　安娜安娜，帶給我們榮譽的好安娜，

　　安娜安娜，帶給我們厄運的壞安娜！

第七場

　　新安娜：大家好，我叫安娜，請多多照顧。（屈膝行禮）

　　安娜：奇怪？

　　李娜：我是說妳該夢見什麼。

　　安娜：比如說？

　　李娜：比如說妳的新同事。

　　安娜：新同事？

　　李娜：一個叫安娜的新同事。

　　安娜：哦。沒有。我沒夢見。

　　李娜：這樣啊。

　　安娜：就是這樣。

【李娜把杯子遞給安娜。安娜沒有接，安娜照鏡子。】

　　李娜：好吧，那妳告訴我，辦公室裡是不是還有一個同事，她名字也叫安娜？

安娜：是的。

李娜：她比妳晚來兩年？

安娜：我為什麼要告訴妳這些？

李娜：患者要絕對相信她的諮商心理師，這是治療成功的關鍵！

安娜：誰規定我是患者？誰規定妳是諮商心理師？

【李娜鬆開手，水杯掉在地上，玻璃破碎的聲音。停頓】

李娜：安娜，是妳來我的心理諮商室尋求幫助！

安娜：尋求幫助？

李娜：妳知道妳病得不輕。

安娜：哈，我有病？

【李娜蹲下來。】

李娜：妳有可怕的病，瘋狂的病，妳比誰都清楚。

安娜：如果妳比我還瘋狂，我怎能期望妳治好我的病？

李娜：安娜，妳這樣說，可就太沒意思了。

【李娜撿玻璃杯碎片，雙手被玻璃碎片劃破，雙手變紅。】

李娜：噢。

【安娜坐下來，點燃香菸。】

安娜：況且，如果妳目的邪惡，我還怎麼敢說出我的故事？

李娜：安娜 ——

【李娜把玻璃杯碎片摔在地上。】

安娜：故事總是最重要的。妳知道了我的故事，也就知道了我的所有祕密，然後妳就能輕易找到我的命門，為所欲為，不是嗎？到那時候我就是妳待宰的羔羊，而妳是舉著砍刀的屠夫……

李娜：安娜，妳在說什麼啊？

安娜：李娜，不要忘記我畢業於北大，大學的時候我選修過心理學、符號學、犯罪學和精神分析學。妳會發現，我比妳想像得要更聰明一些。

李娜：哈。

安娜：妳笑什麼？

李娜：哈哈。

安娜：妳在笑什麼？

李娜：安娜，妳確實聰明，妳一定聽說過那句話。

安娜：什麼？

李娜：聰明反被聰明誤！

【李娜走到安娜面前，把她的手放在自己的大腿上。】

安娜：是嗎？

李娜：安娜，看著我的眼睛，妳說我能欺騙妳嗎？

安娜：噢！

【李娜把安娜攬在懷裡。】

李娜：我的乖乖，可憐的小乖乖，妳受了那麼多苦，別人總是欺負妳，把妳踩在腳下……所以妳對人充滿戒心。這是對的。但是沒必要對我充滿戒備！

安娜：李娜……

李娜：噓，相信我，安娜，妳一定要相信我！（親吻安娜）

安娜：這是夢嗎？

李娜：這比夢要更精彩。

【傳來雷聲，然後就是風雨聲。李娜盯著安娜。他把安娜手上的香菸拿過來，吸了一口，然後噴在安娜臉上。】

210

安娜：這是愛情嗎？

李娜：比愛情更迷人。

安娜：也更狂亂。

李娜：妳不喜歡嗎？

安娜：我喜歡。（他們倒在地上，安娜吸一口香菸，然後噴到李娜臉上）它會有多長？

李娜：比妳的夢要長。

安娜：妳是神嗎？是天使嗎？妳是魔鬼嗎？是君子嗎？是暴徒嗎？是哲人嗎？是凡夫俗子嗎？

李娜：我是一切，可又什麼都不是。

安娜：說這些有什麼用，有什麼用……

李娜：安娜，妳的故事打動了我，瞧，我的眼睛哭得通紅。男子漢大丈夫，有淚不輕彈。可為什麼要壓抑自己呢？妳的故事打動了我，妳是個悲劇人物，我也是。聽著妳的故事，就彷彿在聽我的故事。妳彷彿就是我，就是三年前那個不懂事脾氣臭陷入絕境的我自己。安娜，有時候我感覺妳就是我，我就是妳，我們是切成兩半的蘋果，被撕開的連體嬰兒……安娜，我可憐妳，也就在可憐我自己……

安娜：李娜，我可憐妳，也就在可憐我自己……

李娜：有時候我都懷疑妳是不是不存在，也許妳只不過是我腦子裡蹦出來的什麼玩意，也許這一切只不過是個鬧劇，我們不過是別人的開心果，惹人發笑的怪物……【李娜走到桌子旁，把一個杯子放在安娜面前，他端起熱水壺給安娜倒水。】

安娜：我是小丑，妳是逗引小丑出醜發笑的玩意……

李娜：我們什麼都不是，可憐的安娜，我們什麼都不是……

李娜：好了，現在說說安娜吧，妳的新同事，安娜小姐。

安娜：為什麼要談她？

李娜：她很重要。

安娜：比我重要嗎？

李娜：幾乎和妳一樣重要。

安娜：噢，我希望妳多問關於我的問題。

李娜：放心吧，安娜寶貝，問完她的問題，我就問妳的。妳也知道，最重要的問題總是放在最後。

安娜：真的嗎？

李娜：我的話妳還不信嗎？

安娜：妳發現對安娜這個名字很感興趣。

【甲吹哨子，李娜和安娜逐漸變得呆滯。】

李娜：我對所有名字都感興趣。名字總是很重要，不是嗎？我猜妳一定恨她。

安娜：誰？

李娜：安娜。（停頓）

安娜：妳恨李娜嗎？

李娜：什麼？

安娜：妳恨叫李娜的人嗎？

李娜：我不明白妳的意思。

安娜：叫李娜的人有很多。我知道有個歌手叫李娜，後來在美國出家做尼姑，還有一個網球女選手也叫李娜，她在法網公開賽女單比賽中得了冠軍。生活中那些不知名的李娜更不知道有多少，告訴我，妳恨她們嗎？

李娜：噢。

安娜：怎麼樣，我親愛的諮商心理師，您說不出話了嗎？

李娜：安娜，我們正在討論安娜而不是李娜這個名字！

安娜：所以？

李娜：所以提出問題的只該是我，也只能是我！（抓著安娜的肩膀）妳似乎一直沒認清現狀！（把安娜推到在地）再也沒見過比妳更固執的患者！

安娜：再也沒見過比妳更古怪的諮商心理師！

李娜：妳說什麼？

安娜：安娜是個好名字，我喜歡一切叫安娜名字的人。看到她們，我就彷彿看到了我自己。

李娜：是嗎？

安娜：辦公室裡的安娜是個好女孩。我沒理由不喜歡她。我們的容貌差別很大。她的眼睛像草莓，我的像綠豆；她的眉毛像彎月，我的像鐮刀；她的嘴唇就像紅櫻桃，我的就像黑芝麻糊，她的臉蛋像蘋果，我的像黑炭……

李娜：她的腰身像細柳枝，我的像圓木桶；她的乳房像鴿子，我的像麻雀；她的屁股像海綿，我的像土地。

安娜：她是我最親密的朋友，也是我最好的姊妹。

李娜：她是我的競爭夥伴，也是我最痛恨的人。

安娜：我們共用一個辦公桌。

李娜：每次我抬頭看到的總是『李娜李娜』……

安娜：她的臉整天都在我面前晃個不停。

李娜：如果她是『李娜』，那我又是誰？……

安娜：噢，我總要想一會才明白。

李娜：我是李娜。

安娜：她也是李娜。

李娜：我們都叫李娜。

安娜：我們共用一個名字。

李娜：可是叫這個名字的卻有成千上萬的人。

安娜：每次我都要想一想，然後才恍然大悟。

李娜：等我想明白我和另一個李娜的聯繫和區別時，

安娜：時間已經過去好久了。

李娜：這樣十分影響工作，降低做事的效率。

安娜：而分派給我的工作又那麼多，我真不知道該怎麼辦才好……

李娜：我的工作是那麼重要……

安娜：不管我多努力，多聰明。

李娜：我的工作總會出現各式各樣的差錯。

安娜：我送給主任的文件總缺少最重要的一頁。

李娜：辦公室主任喊『李娜去開會』，我總會想一會才明白那是在叫我。

安娜：可等我跑到會場，會議已經開始了十分鐘。

李娜：辦公室主任不斷找我談話，

安娜：說我最近糟糕極了，總是犯下各種低級錯誤。

李娜：主任甚至威脅我要是還像這樣，我很快就會被解僱。

安娜：我知道他是好意。

李娜：可是我還是忍不住哭了。

安娜：可是我還是忍不住哭了。

第十場

李娜：夢是最好的演員。我很高興，我總是能夠睡著，還能做夢，各種奇怪的夢。有時候我夢見自己放火燒了都市，身後的人群追趕我，我跑啊跑

到山上，可前面就是懸崖，後面又是追兵，我該怎麼辦？就是在剛才我還夢見在一個紅色的辦公室裡，我和一個黑頭髮的女人跳舞⋯⋯

新安娜：站住！

安娜：讓開！

新安娜：跟我回去！向主任道歉！

安娜：滾回妳的老鼠窩去，少在我面前叫囂！

新安娜：殺人償命，欠債還錢。做錯事就要受懲罰！

安娜：我厭惡妳們虛假的臉孔，我厭惡主任無聊的訓話，我不想做奴隸，我要自由，自由，妳懂嗎，蠢鵝安娜？

新安娜：呆雞安娜，哪裡會有自由的世界？自由只是烏托邦幻想，專門欺騙三歲小孩。

安娜：我不要妳管，不要妳管！

新安娜：任何世界都沒有絕對自由，這絕對是個真理！

李：人們痛苦是因為他們不明白自己的心理。並不是所有人都明白自己的真實欲望。

安娜：我要飛，飛！

新安娜：認清現實吧，我們都被剪斷了翅膀！

安娜：飛，飛，飛到太陽上！

新安娜：烏鴉安娜，妳叫得再厲害也不會變成鳳凰！

安娜：飛，飛，飛到月亮上！

新安娜：這個世界就是這樣，弱肉強食，強權才是公理！妳一個柔弱的小女孩還能逃到哪裡去？

安娜：給妳的小白臉說去吧。安娜壞安娜，妳這個兩面三刀的傢伙，狗才相信妳的鬼話⋯⋯

《安娜的心理諮詢》戲劇劇本簡版

新安娜：安娜，我的好安娜，跟我回家吧，我會照顧妳一生，我保證！

安娜：在妳手下生活還不如被關在囚牢！跟妳回去只有死路一條，妳轉手就會把我賣給警察局，去向妳的辦公室主任老爹爹邀功請賞！

新安娜：狗咬呂洞賓，不識好人心。良心讓狗吃了的東西，只會把人家的好心當成驢肝肺！

安娜：每天中午妳都到辦公室主任那裡服務，……『要想人不知，除非己莫為』，壞心肝安娜，妳一心只想往上爬，我看透了妳的心！

新安娜：辦公室主任是我們的父輩……

李娜：英國最權威的心理學家佛洛伊德教授。就是因為她們不了解自己。害怕表達真實欲望會帶給自己巨大傷害……

新安娜：辦公室主任是我們的父輩，他為了工作鞠躬盡瘁，染上了嚴重的痔瘡，我給像父親那樣的長輩服務有什麼過錯？！要知道，給長輩減輕痛苦帶來歡樂正是孝道的最基本要求……

安娜：呸，好個認賊作父的無恥小人，上帝造出妳這樣的壞人都會哭瞎雙眼，太陽看見妳就會閉上眼睛，月亮看見妳就遮上面紗……妳要是懂得絲毫的禮義廉恥，也不會如此顛倒黑白，善惡不分……

新安娜：閉上妳的狗嘴！醜八怪安娜，妳在嫉妒我，我來的第一天妳就開始嫉妒我，到了今天妳的嫉妒更是成了瘋狂，對此我一清二楚！

安娜：我就是嫉妒毒蛇也不會嫉妒妳，黑心肝安娜！

新安娜：我理解妳，所以我並不怪妳。我願意和妳做好朋友，一輩子的好朋友，或者好姊妹也行，我一直想有個像妳這樣的好姊妹……

安娜：妳以為我是三歲小孩？妳以為妳的糖衣炮彈能打中我？讓我成為妳的朋友，讓我做妳的姊妹，還不如讓我去死！哈哈哈。妳要讓我笑掉大牙！

新安娜：無恥小安娜，給妳臉妳不要臉，不要敬酒不吃吃罰酒啊！要是不跟我回去，有妳好瞧的！

安娜：無恥嬌娃，少來狡辯！妳就是說得天花亂墜，可是妳的嘴還是臭的，妳每天舔辦公室主任屁眼三次……

新安娜：我可不能放任妳墜入深淵，我要挽救妳，即使使用暴力我也在所不惜！

安娜：妳是辦公室的無恥叛徒，只會在主任那裡撒嬌、舔屁眼和告密！

新安娜：我恨死妳了，今天我和妳拼了！

安娜：我遺失了另一個安娜，一個一起陪伴自己長大的玩伴，一個鬼鬼祟祟的偷窺者，一個可惡的跟蹤者，一個惡毒的監督者，一個讓人痛恨的騙子，一個心象，一個幻影，一輪水中月，一朵鏡中花，一條狡猾的伊甸園裡的蛇，一條恩將仇報的中山狼，一個孫悟空打不敗的六耳獼猴王……

李娜：這麼多的患者，正是我們諮商心理師大顯身手的絕好時機。

安娜：啊，整個世界都被他們包圍，我該去哪裡？我該去哪裡？有人嗎？（跪下對天祈求）啊，啊 —— 有誰在這裡？有誰聽到我呼喊？上帝，菩薩，佛祖，真主，宙斯，不管是誰，只要妳們聽到我呼救……有天使嗎？有魔鬼嗎？有人嗎？……

安娜娜：安娜，不要怕。

安娜：妳是誰？

安娜娜：我是安娜娜。

安娜：安娜娜？我犯了罪。他們一定會抓住我絞死我的！

安娜娜：他們抓不到妳。

安娜：爸爸媽媽會失望的，他們付出了一切，我卻給他們臉上摸黑。他們要知道我的事，一定會給活活氣死……

安娜娜：爸爸媽媽愛妳，永遠愛妳……

安娜：到不了明天，縣城各個角落就會貼上我的通緝令，我們家的電話也會被警察局竊聽，爸爸媽媽的行蹤也會被人嚴密監控……爸爸有心臟病，媽媽有糖尿病，他們奮鬥了一輩子，晚年卻如此淒慘……

安娜娜：別想這些，別想這些！

安娜：我什麼都沒有了。名字、工作、家人、社會地位……我得到了什麼？我得到了什麼？我得到了什麼？

安娜娜：妳留在北京不就是為了這一天嗎？瞧，高高的，妳飛得高高的！

安娜：高高的，我飛得高高的！

安娜：我是誰？我是誰？

安娜娜：妳是安娜……

安娜：我忘了，我什麼都忘了。

安娜娜：忘記在縣城辛苦讀書的童年沉重生活。忘記在大學與周圍同學激烈競爭的青年壓抑生活。忘記和那幫惡鬼們爾虞我詐的辦公室無趣生活。忘記和新安娜互相厭惡的驚恐噩夢生活。忘記在會議室裡犯下罪行的恐怖生活……

第十一場

李娜：慢點，慢一點。

安娜：謝謝，妳真好。

李娜：安娜，安娜……

安娜：怎麼了，李娜？

【李娜跪在安娜面前。】

李娜：可憐的女孩，妳為什麼要來這裡？

安娜：世界之大，竟沒有我的立錐之地！一切都是他們的勢力範圍，一切都被他們操控……我沒有地方可去，只好冒險來這裡。

李娜：（哭）安娜，可憐的小安娜。

安娜：李娜，妳哭了，妳哭了。

李娜：我在哀嘆妳的命運，安娜。

安娜：我的故事好嗎？

李娜：既不是最好，也不是最壞。

安娜：可是妳還是哭了。

李娜：所有的故事都是同一個故事，所有的人都是同一個人。

安娜：所以我只是妳的一個姊妹。

李娜：甚至妳就是我自己！

安娜：妳就是我自己！

李娜：所以妳不該來這裡。不該。

安娜：我犯了錯，就該接受懲罰。

李娜：來心理諮商室接受懲罰？

安娜：來心理諮商室接受懲罰。

李娜：妳知道這一切都是騙局？

安娜：是的。

李娜：妳什麼時候知道的？

安娜：北大未名湖時，我就開始了懷疑。

李娜：那麼早……

安娜：我躺在小床上假裝睡著了，卻看到妳和師三八調情，那時，我就明白了，一切都是騙局……

李娜：一切都是騙局……

安娜：說出真相容易，可有什麼用呢？

李娜：安娜……

安娜：說出真相能改變什麼？說出真相能讓我純潔如初嗎？說出真相能讓我回到過去嗎？說出真相能讓我變成小女孩嗎？……

李娜：安娜，可憐的小安娜！

安娜：謝謝妳，李娜。謝謝妳提供機會讓我說出自己的故事。這已經足夠……沒有妳設計劇情，沒有妳的臺詞引導，我怎麼能說出自己的故事？

李娜：這也是我的故事。

安娜：我們的故事是同一個故事。

李娜：我們倆個是同一個人。

安娜：來，陪我跳最後一支舞。

李娜：告別之舞。

安娜、李娜：因為寂寞，我們想像出了這個故事。

安娜：來，說出妳的故事！

李娜：來，說出我的故事！

安娜：只有說出妳的故事，妳才知道我是誰……

李娜：妳才知道自己需要什麼，才會明白自己真正想要的生活……

安娜：如果遺忘了妳的故事，我將什麼都不是……

李娜：如果遺忘了我的故事，妳每天的生活就是行屍走肉，毫無幸福可言……

安娜：沒有了故事，也就沒有了我，沒有了妳……

安娜：我們都很寂寞，非常寂寞。

李娜：有時候我們摟著影子跳舞。

安娜：因為我們總是一個人。

李娜、安娜：永遠都是一個人。

李娜：一個人鼓掌。

安娜：一個人喝彩。

李娜：我們是可憐的小丑、愚人、弄臣、浪子……

安娜：我們是可憐的閹人、人偶、鏡中花、水中月……

安娜：李娜，妳被關在心理諮商室三年，我知道妳有多寂寞。

李娜：就像妳的未來那樣寂寞。

安娜：我可憐妳，李娜，妳就像我的親人，我的伴侶……

李娜：安娜，親愛的安娜啊…

安娜：所以，我願意留在心理諮商室，替換妳出去……

李娜：替換我出去？

安娜：妳待了那麼久，不想出去嗎？

李娜：我想出去。

安娜：那妳還猶豫什麼？

李娜：安娜，也許妳想取代我做諮商心理師，就像新安娜取代妳做祕書一樣。很多患者都渴望做諮商心理師，這是他們的終生夢想。

安娜：這裡是度假別墅嗎？這裡是享樂天堂嗎？這裡是人間仙境嗎？

李娜：這裡是鬼門關，骷髏城，地獄中心。這裡害人不用刀，殺人不見血，吃人不吐骨頭……

安娜：留下來，讓我留下來！

李娜：安娜，妳為什麼要留下來？

安娜：我是個瘋子，最近十年裡，這個城市不知道處死燒死多少瘋

《安娜的心理諮詢》戲劇劇本簡版

子……

李娜：瘋子心理諮商室必須要有瘋子諮商心理師。

安娜：沒錯，就是這樣……

李娜：安娜，妳很聰明。安娜小妹妹，過去我也像妳一樣純潔，可最終卻讓自己深陷牢獄。看著妳，就像看著另一個我。可是我知道，妳的純潔終究不會長久。（安娜打了個哈欠）睡去吧，睡著吧。等妳醒來，妳會變得和我一樣心狠手辣。（安娜躺在小床上）妳會青出於藍而勝於藍！睡去吧，我的妹妹。醒來後妳會變成諮商心理師，又聰明又心狠的諮商心理師！親愛的妹妹，祝妳早點逮個好獵物，一個代替妳留在心理諮商室的好獵物！

【安娜閉上了眼睛。李娜給安娜蓋上白色的諮商心理師袍，彷彿安娜只是一具屍體。】

李娜：啊，我在黑暗中壓抑太久！我過去失敗得真慘烈，因為心軟我失去了自己的名字、工作、社會地位、家庭，還有我自己……黴氣的日子已經過去，現在我要開始新生活……從今後，我李娜要脫胎換骨，舊貌換新顏，我要做個強者，我要真實面對自己的欲望，不再逃避，不要委屈，不再恐懼……強者就是公理，強者就是正義，強者就是規則……我會把自己嬌嫩的心從胸腔中揪出來，我會給自己按上一個冰冷堅硬的鐵心鐵肺，我要讓自己冷冰冰如寒鐵，凶狠狠如豺狼，我要吞下一個個獵物，我要讓自己成為強者，強者，強者！

安娜：我夢見爸爸媽媽了，他們在村口等我，等我回家！我會回家，一定會的！

（幕落）

《安娜的心理諮詢》戲劇演出後記

一齣戲的前世今生 ——
寫在《安娜的心理諮詢》首演前

《安娜的心理諮商》馬上就要上演了。身為這個戲的編劇，我五味雜陳。在很多人眼裡，這只是一部不起眼的小戲；對看戲的觀眾們來說，這只是一個讓他們在劇場裡停留了 90 分鐘的戲劇，在他們的生命中留下或深或淺的漣漪，慢慢消失時間的長河中。

但對於我來說，意義遠非如此。如果說這部戲花費七年的時光，您也許不信。但這是事實。如果說這部戲從寫作到現在，已經有了 10 年的時光，您也許驚訝。但這也是事實。

2008 年 6 月，我寫了一部小說，四萬多字。這部小說就是《安娜的心理諮商》。這是一部帶有意識流風格的小說，帶有女性主義的意識。在詩意、瘋狂和壓抑的背後，該小說試圖探討安娜的悲劇根源，試圖在時代進程和個人命運中尋找某種關聯。

與後來的話劇劇本不同，這部小說的兩個主人公是兩個女性：安娜和李娜。安娜是患者，李娜是心理諮商師，兩人有很深的連結，卻又包含著狂躁的渴望與不為人知的陰謀。這部小說我寫完很滿意，至今仍然等待出版機會。

對於一個作者來說，出版自己的小說，讓自己的戲劇上演，總是一件非常渴望的事情。在小說和劇本寫完之後，作者的工作已經完成。但如果始終不能出版，不能上演，也會消磨掉創作者的許多熱情。與讀者和觀眾交流，與更多人的心靈接觸和碰撞，是很多藝術家內心最深處的渴望。至今，我仍然等待著小說出版的機會。

2010 年 3 月，我從車公莊附近搬到通州八里橋的一個荒涼社區裡。在一股不可名狀的情緒支配下，我開始把小說改編成話劇劇本。大約花費半個月的時間。

寫作是個冒險。

進入幽暗之境，與玄祕的能量共振，總會引發很多像洪水一樣的情緒爆發。

至今記得，我寫作安娜的妹妹安娜娜死亡的那一段，哭得不能自已。而戲中的所有情緒，又與那一段時光很有關係。

戲劇和小說，用一種變形和象徵的方式，呈現我們潛意識深處最真實的一面。透過寫作，我們了解我們是誰。

戲劇演出是一面鏡子，透過她，我們看到集體潛意識更深處的能量湧動。

2010 年寫作的這個劇本是個大戲，劇中有十七個角色。這是我一部比較滿意的作品。2010 年 5 月第二稿修改完畢。

2011 年上半年，這個戲有個上演的機會，我請趙瑞寧導演來執導。我把這個四萬多字的劇本，改編成一萬六千字左右的作品，劇中的角色也刪減成四個，但最終也因為各種原因，這部作品沒有上演。

2011 年 9 月，在蜂巢劇場，青戲節組織劇本朗讀會，《安娜的心理諮商》由尹雋和宋學智等人朗讀，和觀眾有互動交流。（感謝這些朋友們！）

從 2011 年到 2018 年，經過七年時間的等待，這部戲終於迎來了上演的機會。在這七年的時間裡，我和趙瑞寧導演也都有很多生活上的變化，我們由藝術熱血青年，變成被生活磨礪而成中年大叔。而我們的共同點就是我們不約而同的開始接觸心理學，趙瑞寧導演在中國科學研究院心理研究所，讀了中國兒童教育發展和心理學方向的碩士研究生；而我也在 2017 年考取了國家二級心理諮商師證書，我甚至使用網路工具，接受全國各地個案的諮詢和療癒服務。

造化弄人。

《安娜的心理諮詢》戲劇演出後記

冥冥之中的玄妙安排，讓我們讚嘆命運的神祕和奇蹟。

也許，趙瑞寧導演和我，開始接觸學習心理學，是從 2011 年我們計畫執導《安娜的心理諮商》開始。所以，從這個意義上，感謝這部戲給我們的支援，給我們生命成長和無盡的滋養。

也許，這部戲的上演，在 2018 年的時刻，是最好的安排。在我們心智更加成熟的年紀，再來創作這部戲，一定會有更多不同的表現。

這部戲的演出中，可能舞臺比較簡陋，還有一些不滿意的地方。但如果用十年的時光來看，對我來說，已經是非常的滿意。因為透過這個戲，我能看到這十年時光的流逝、內心的起起伏伏、人生的高高低低，都在這種無言的時刻中，得以永存。

十年的時光，我們會結識新的朋友，有更多人生的拓展，而在我們心中，總會保留一些溫暖、感動和脆弱的時刻，她們在我們心中，成為我們永恆的財富。

願用這部戲來紀念這十年的時光。

劉紅卿 2018 年 10 月 27 日 12：50 分

大鬧一場，悄然離去

金庸先生駕鶴西去，留給我們無限的懷念。

金庸先生生前曾談遺言：我希望我死後一百年、二百年後，仍然有人看我的小說，我就很滿意。

這個願望一定實現：至少一千年，金庸先生的小說依舊可以笑傲江湖。

對於寫作者來說，如果創作的作品能達到金庸先生的受歡迎程度，一定可以滿足。

金庸小女查傳訥曾言：我認為創作是需要有很大勇氣的事情，它要求把身體裡所有的欲望，全部注入一個個理性經營的人物角色，又要顧及大小場景、歷史背景、故事發展……不容易啊！

其實不光是寫作，對於戲劇創作而言，又何嘗不是如此？

從《安娜的心理諮商》專案啟動，到現在已經過去七個月的時間了。從確定劇目入選「第九屆鑼鼓巷戲劇節」，到尋找主創，再到導演趙瑞寧和主創們辛勤的排練，再到十月二十九日晚上進蓬蒿劇場通宵裝臺安燈，再到十月三十日的首場演出，中間有無數人默默的付出，才會有昨晚的舞臺呈現。

戲如人生，人生如戲。

安娜在諮商室裡講述自己的故事，李娜在她的故事中發現自己的身影。

演員們在劇場表演故事，觀眾們在戲中照見自己。

劇場給大家提供詩意棲居的場，天地用大美無言之愛滋養眾生。

在《海鷗》中說，契訶夫借助妮娜之嘴說道：所有活生靈的肉體都已經化成了塵埃；都已經被那個永恆的物質力量，變成了石頭，水和浮雲；它們的靈魂，都熔到一起，化成了一個。這個宇宙的靈魂，就是我……我啊。

……

是的，我們所有人的靈魂都是一個靈魂。

所有的安娜，所有的李娜，所有的角色，所有的演員，所有的觀眾，蓬蒿劇場的所有員工們，所有的中國人，所有的人類，地球上的所有眾生，宇宙中的所有生靈，我們只是一個靈魂的一個顯化。

我們的差別並不大。戲上演，我們看到的是自己。在地球的舞臺上，我們既是觀眾，又是演員。

在舞臺上我們大鬧一場，戲落幕時，我們悄然離去。

這沒有什麼。

《安娜的心理諮詢》戲劇演出後記

因為我們的靈魂在別處，詩意的棲居著，圓滿具足。

我們只是發現她，就像天上的那輪明月，我們只需要夜晚的時候抬起頭，就能看見她。

繼續走，慢慢欣賞啊⋯⋯

2018.10.31 日 13 點 08 分

大鬧一場，悄然離去

安娜的心理諮商

作　　者：劉紅卿

發 行 人：黃振庭

出 版 者：崧燁文化事業有限公司

發 行 者：崧燁文化事業有限公司

E-mail：sonbookservice@gmail.com

粉 絲 頁：https://www.facebook.com/
　　　　　sonbookss/

網　　址：https://sonbook.net/

地　　址：台北市中正區重慶南路一段六十一號八
　　　　　樓 815 室

Rm. 815, 8F., No.61, Sec. 1, Chongqing S. Rd.,
Zhongzheng Dist., Taipei City 100, Taiwan

電　　話：(02)2370-3310

傳　　真：(02)2388-1990

印　　刷：京峯彩色印刷有限公司（京峰數位）

律師顧問：廣華律師事務所 張珮琦律師

國家圖書館出版品預行編目資料

安娜的心理諮商 / 劉紅卿著 . -- 第
一版 . -- 臺北市：崧燁文化事業有
限公司 , 2022.05
　面；　公分
POD 版
ISBN 978-626-332-344-5(平裝)
857.7　　111006115

電子書購買

臉書

定　　價：299 元

發行日期：2022 年 05 月第一版

◎本書以 POD 印製